ロス男

LOSS OTOKO

HIRAOKA YOMEI

平岡陽明

講談社

ロス男

目次

装画　山本由実
装幀　岡本歌織（next door design）

ロス男

第1話

みじめな気持ちになる秘訣は、自分が幸福かどうか考える時間を持つことだ――バーナード・ショー。

図書館の名言辞典でこの言葉を見つけたとき、僕は仕事の手を止めて、自分が幸福かどうか考え込んでしまった。もちろん僕が幸福とは言えなかった。親が遺した平屋で独身生活を送る、キャッシング常習者の四十歳である。それなりに仕事をして、無駄遣いをしなくても、定期的にお金が足りなくなるのだ。恋人もいない。とりわけ半年前に唯一の肉親である母を亡くしたことは痛恨事だった。

いま僕が取り組んでいるのは、T社の布井《ぬのい》という書籍編集者から貰《もら》った仕事だった。布井は僕を呼び出して告げた。

「こんど名言集を出すことになったよ。どーんと千個。名づけて『古今東西名言集　1000』。よろしくね」

「僕が千個をピックアップするんですか?」

「うん。図書館の名言辞典か何かで、ちゃっちゃと拾ってきてよ」

いつもながら惚《ほ》れぼれする丸投げっぷりと、ストレートなタイトルだ。葬儀などの出費で口座残高は尽きかけていたから、もちろん仕事は引き受けた。

自分の住む京急《けいきゅう》線沿いの図書館に通ったら、気分がヘコむことは目に見えていた。それでなくとも最近は母の後始末で役所などを駆けずり回り、地元に泥《なず》み過ぎていたから。そこで芝公《しばこう》園《えん》のみなと図書館へ通うことにした。せめてわが身だけでも都心に置いておきたかった。

僕は〈仕事〉〈金銭〉〈悲哀〉〈結婚〉〈幸福〉など大まかなカテゴリーを設けて、ピックアップ作業を始めた。

「希望を抱かぬ者は、失望することもない」

これもバーナード・ショーの言葉だった。僕は拾い始めて数日で、この十九世紀生まれのイギリスの劇作家が、どうやら名言の宝庫であるらしいと気がついた。たとえばこんな言葉。

「人生には二つの悲劇がある。一つは願いが叶わぬこと。もう一つはその願いが叶うことだ」

いかにもイギリスの皮肉屋っぽいなと感じた途端、

「正確に観察する能力は、それを持たぬ者からは皮肉屋と呼ばれる」

とやられる。近くにいたら、さぞかし鬱陶《うっとう》しい人だったろう。ところが「結婚する奴は馬鹿だ。しない奴はもっと馬鹿だ」とか、「結婚を宝くじに喩《たと》えるのは間違っている。宝くじなら当たることもあるからだ」なんて言葉を見つけると、案外愉快な人だった気もしてくる。ちなみに僕の母は、僕が三歳のときに父が「外れくじ」だったと悟り、一人で育てていく覚悟を固めた。父の消息は知らない。

この日も朝から黙々と名言を拾い、気がつくと昼過ぎだった。僕は新鮮な空気を吸うために裏の芝公園へ出た。

ベンチに座り、ぽかんと空を見上げる。

ここの空は不思議と広い。

空に心が吸い込まれているあいだは、自分が一人ぼっちになってしまったことも、晩メシのことも忘れている。

突如、背後に母の気配を感じた。振り向き、誰もいないことを確認して、苦笑いする。これがきたのは久しぶりのことだ。亡くなった当初は頻繁《ひんぱん》にきたのだけれど。

――去る者は日々に疎《うと》しってことかな。

園内では走り回るわが子を追いかけるママさんたちの姿が目についた。僕はもう一度空を見上げ、**そろそろ本当の自分の人生を起動したい**と思った。こんな雑念が浮かんだら、休憩を終えるべき合図だ。僕はベンチから立ち上がった。

図書館の自動ドアで、ピンクのシャツを着た老人とすれ違った。歳を取るといきなり明るい

服を着だす人っているよな、と思って顔を見たら、

「えっ、カンタローさん!?」僕は思わず声をあげた。

「あれぇ、吉井《よしい》くん？」

「久しぶりじゃないですか」

「こんなところで何してるの？」

カンタローさんは、僕が十二年前に契約社員で入った中堅の出版社の先輩だった。そのとき僕が二十七歳で、カンタローさんは六十歳。僕らは月刊誌の編集部でデスクを並べた。その会社にはカンタローさんと同じ団塊の世代がたくさんいて、彼らはカンタローさんのことを「カンちゃん」と呼んでいた。僕も心の中ではそう呼んでいたから、以下、それでいかせてもらう。

僕はカンちゃんと芝公園へ戻り、ベンチに腰をおろした。まず僕が、カンちゃんと音信不通だったこの十年について、四十五秒ほどのダイジェストにまとめて伝えた。母を亡くしたことを除けば、それで充分伝わってしまうくらい起伏《きふく》に乏しい人生だった。

「ふーん。吉井くんはあれからずっとフリーでやってるのかぁ」

カンちゃんが両足をベンチの前に放り出した。この世代にしては長い。顔も洋風で、黙っていれば二枚目で通じなくもないのだが、含み笑いの地顔が少し残念だ。

「図書館にはよく来るんですか？」と僕は訊《たず》ねた。

「ときどきね。自転車で運動も兼ねて」

「ということは、まだ芝浦《しばうら》のワンルームに？」

「うん。あれからずっと住んでる」

「じゃあ奥さんとは？」

「別居のままだよ。もう十一年になる。籍は入ってるけどね」

僕らが同僚だった頃、カンちゃんは妻のお美代《みよ》さんに家を叩き出された。行き場を失ったカンちゃんは、若い時に買い、ずっと賃貸に出していた芝浦のマンションで一人暮らしを始めた。

「あれから、ずっとですか……」

ひとり身の僕には、十一年に及ぶ別居も、それでいて籍を抜かない二人の精神生活も、想像がつかなかった。一つ確かなのは、この夫婦も当たりの入ってない宝くじを握りしめてきたということだ。もっともあの劇作家に言わせれば、結婚したカンちゃんは「馬鹿」で、しない(できない)僕は「もっと馬鹿」ということになるのだけれど。

「あー、だめだったか！」カンちゃんが突然叫んだ。

僕らの目の前で雲梯《うんてい》にチャレンジしていた男の子が手を離したのだ。

「どんまい！　気にするな」

カンちゃんに励まされ、男の子はきょとんとした。僕はカンちゃんが気難しい老人になっていないことに安堵《あんど》した。チャイルディッシュな大人の定義が、〝中高年になったその人を見て、九歳の頃の様子が容易に目に浮かぶこと〟だとすると、まさしくその見本みたいな人だから、少年の味方がよく似合う。

「でもね、吉井くん。僕はお美代さんのことが好きだから、十一年間ストーカーしてるんだよ」

どこまでが本気で、どこからが冗談か分からないのも昔のまま。カンちゃんには自分の繊細さをユーモアで隠そうとするところがある。

昔いた会社では、カンちゃんのことを自然児とか野生児と言う人もいたけれど、一面的な見方だと思っていた。たとえば酔っ払いが自慢話を始めると、カンちゃんは軽やかに身を躱《かわ》し、自分の失敗談を語り出す。入稿直前にデータを全部消してしまったとか、酒を飲み過ぎて据《す》え膳《ぜん》を食い損ねたとか、その手の話が多かった。酔っ払いは声をあげて笑うが、カンちゃんのほうが人品《じんぴん》が上なのだ。

カンちゃんは自分の定年送別会でもやってくれた。スピーチに指名されると千鳥足《ちどりあし》で前に進み出て、

「結局、人生に必要なのは狂気なんだぁ！」

と一言だけ叫んでスピーチを終えた。聴衆は「確かにあんたは狂ってるよ」と思ったはずだが、長くなりがちな定年スピーチをさっと切り上げるあたり、さすがはカンちゃんと感心させられた。

カンちゃんは会社員としては脇の甘いところがあったけれど、編集者としては時おりシャープな企画を出したり、誰もが唸《うな》る見出しをつけることがあって、一目置かれていた。若いころ

は編集長に抜擢《ばってき》されたこともあるらしい。全体的に頼りない感じがしたけれど、とにかく一目置かれていたことは確かだ。

さて、こんなふうに褒《ほ》めた舌の根も乾かぬうちに恐縮だが、

「吉井くん、時間ある？　大門《だいもん》に明るいうちからやってる店があるから飲みに行こうか」

と誘われて、身構えてしまった。そう、カンちゃんはとてつもない酒豪だった。僕はカンちゃんと知り合って初めて「鯨飲《げいいん》」の本当の意味を知ったほどだ。僕がカンちゃんと頻繁に飲んでいることを知った当時の役員は「なにっ、カンちゃんと飲み歩いてるだと⁉　いかん、いかん。君の貴重な二十代を浪費することになるぞ」と言った。

でもそれを言えば、僕の二十代はすでに敗色濃厚だった。終電越えも休日出勤も当たり前なのに、契約社員《ケーヤク》だから手取りは二十一万円の固定給。何より、少しでも前に進めているという手応えがないのがキツかった。**そろそろ本当の自分の人生を起動したい**、と暗い気持ちを抱えてよく転職情報を眺めていたから、カンちゃんに誘われたら五回に四回はついていった。

もちろんカンちゃんと飲み歩いたあの二年間で、僕が一度も辟易《へきえき》しなかったといえば嘘になる。カンちゃんは典型的な長《なが》っ尻《ちり》で、飲むほどに、普段から辿《たど》りにくい思考回路がさらに飛躍《ひやく》する。僕は翌日の仕事にやきもきしながら、永遠に続きそうな酒のお代わりを、いささかうんざりした気持ちで眺めていたはずだ。

ただしカンちゃんには一つだけ酒徳というべきものがあった。飲みに飲んだあと、「じゃあね、ばいばーい！」と手を振られると、日暮れまで遊んだ少年時代の充足感と寂しさが甦《よみがえ》

り、またカンちゃんと飲んでもいいかな、という気持ちになるのだ。

「このあと予定がないなら行こうよ」

もういちどカンちゃんに誘われた。もちろん予定なんてなかった。十年ぶりのカンちゃんの誘いを断るのも気が咎《とが》める。僕は図書館で荷物をまとめ、自転車を引くカンちゃんと歩いて大門へ向かった。


ビールケースを積み上げてテーブル代わりに使う居酒屋だった。カンちゃんはビールを頼んだあとおしぼりで顔をぬぐい、「吉井くんは幾つになったの？」と言った。四十です、と僕は答えた。

「そっか。うちの息子の五つ下だっけ」

「あ、カンジュニさん」

カンちゃんジュニア、略してカンジュニは、父親の遺伝子を忠実に受け継いだ変わり者だった。編集者の注文の遥《はる》か上をいく奇想天外なイラストを上げてくることで有名なイラストレーターだ。極端な人嫌いだから、一度しか会ったことはない。野菜を食べず、パソコンのマウスとキーボードを一日に五回は消毒すると噂されていた。「今月号のイラスト、カンジュニに頼みましたよ」と言うとカンちゃんが嬉しそうな顔をするので、僕は機会を見つけては依頼していた。

ちなみに僕らのやっていた雑誌は月刊のワンテーマ・マガジンで、カンちゃんはそこで勤続三十数年。僕ら若手の契約社員から見れば格段に恵まれた正社員生活を送っていた。だから本宅のほかに、芝浦にワンルーム投資ができたのだ。

「カンジュニさんはいまもイラストレーターをやっておられるんですか？」

「いや、ほとんどやめて母親の面倒をみてる」

「えっ、介護ってことですか？」

「うん。じつはお美代さんが酷《ひど》いリウマチでね。腎臓《じんぞう》をこわして人工透析に通っているし、三年前に乳がんも摘《と》った。ぼろぼろの車椅子生活なんだ。だから僕が仕送りをして、息子が介護をしてるの」

大変ですね、と相槌《あいづち》を打ったが、本当は想像もつかないほど大変そうだったので、想像することを放棄《ほうき》してしまった。

「ところでカンタローさんの奥さんって、どんな人ですか？」

僕は二人の変人にかしずかれている女性に興味を持った。

「どんなって、かわいい女《ひと》だよ。強烈だけど」

「どこらへんが？」

「たとえばいきなり百八十万円もする歯列矯正《きょうせい》をしてさ。『僕に相談してよ。クルマを買うときは相談したじゃない』って言ったら、『出てけ！　わたしが綺麗になるのが嬉しくないの？』って。そりゃ嬉しいけどさ。この前も保険適用外のリウマチ特効薬があるっていうから『気にせずバンバン使いなよ』って言ったら、『あなたに言われなくてもバンバン使ってるわよ！』って叱られた。僕もいまはフリーランスだけど、仕事を増やしたよ。もう七十三歳なのに」

「なんで別居のままなんですか」

「新鮮だからかな。これまで三度別居してるんだけど、別居を始めた途端、仲良くなるんだ。二人ともカラオケが好きだから一緒にデートで行って『あなた、うち寄ってく？』『いや、やめとくよ』なんてね。僕のうちなんだけど。でもいまは年に二回も会わないいなぁ」

カンちゃんは僕が二杯目のビールを飲み干さないうちに、「ここのウーロンハイは薄いね」を繰り返しながら五杯目のお代わりをした。

「ところで吉井くん、Amazonプライム入ってる？」

「なんです急に。入ってますよ」

月に均《なら》せば数百円の、僕にとって数少ない贅沢《ぜいたく》の一つだ。

「あれ入ってると観ちゃうよね、映画」

「観ちゃいます。タダのやつだけ」

「この前、『死ぬまでにしたい10のこと』を観返したよ。そこで僕も自分の『死ぬまでにしたい10のこと』を起こしてみた。見たい？」

いかにも見せたそうに言うので、僕は「見たい見たい」と言った。本当に見てみたかった。

カンちゃんはリュックから手帳を取り出して僕に渡した。

死ぬまでにしたい十のこと

①カラオケで一万曲制覇《せいは》したい。
②カラオケで人を泣かせたい。
③カラオケで満点を出したい。
④カレー屋のパーティさんと、英語で会話できるようになりたい。
⑤相撲のかぶりつき席で観戦したい。
⑥鍼《はり》をマスターしたい。
⑦株で一億円勝ちたい。
⑧カウンターで寿司を握ってみたい。
⑨映画にエキストラで出てみたい。
⑩オーダーメイドの靴をつくってみたい。
⑪日本中の離島を全部めぐりたい。
⑫バーを経営してみたい。
⑬家族三人で温泉に二泊したい。
⑭お美代さんのつくったアップルパイが食べたい。
⑮お美代さんとまた一緒に暮らしたい。
⑯お美代さんより先に逝《い》きたい。
⑰お美代さんと同じ墓に入りたい。

十のことと言いつつ、十七までいってしまうあたりが、カンちゃんらしかった。欲しいものがありすぎて、サンタクロースに依頼を一本化できない少年みたいになっているのだ。いったい幾つまで生きるつもりだろう。

「カラオケが今後の人生のかなりの比重を占めてますね」

「歌はいいよ、やっぱり」

「一万曲も知ってるんですか？」

「レパートリーは百曲くらい。それを百回繰り返すんだ」

じつは今日も午前中に行ってきたんだよと言って、カンちゃんはリュックから紙束を取り出した。見ればエクセルで作成した曲名リストがずらりと並び、一曲ごとにチェックボックスまでついている。ページをめくると、かなりのところまで「✓」マークがついていた。

「週に十曲、年間五百曲、二十年で一万曲。老後の尺《しゃく》にはちょうどいい目標でしょ」

「たしかにいいかも」

僕は曲名リストをカンちゃんに戻し、再び十のことリストに目を落とした。

「カンタローさん、英会話なんて興味ありましたっけ？」

「ア、リトル」

こりゃだめだ。

「株は？」

「虎の子でやってるけど、なかなか増えないね。むしろ負けてる」

これもだめそう。

「離島って、日本に何千とあるのでは？」

「そうなの？」

「そうなの、って……。あの、やっぱりキリよく十にまとめたほうが良くないですか？　たとえば二番と三番はくっつけて、『カラオケで満点を出して人を泣かせる』にするとか」

「満点を出したとき、泣かないかも知れないじゃない」

「僕が泣いてあげますから」

「じゃ、今度一緒に行こうよ。毎週水曜がカラオケの日」

「了解。靴と相撲と温泉はカネで解決できそうですね。寿司と映画はコネ次第では？　バー経営は諦《あきら》めた方がいいと思います」

「う〜ん。どうしても十じゃなきゃだめ？」

「選択と集中です」

「わかった。十に収まるか考えてみるよ」

ほんとは「満身創痍《まんしんそうい》のお美代さんを残して先に逝くのはまずいのでは？」と訊《き》いてみたかったが、やめた。カンちゃんは何を言われても怒らないし、根に持たない人だが、領空侵犯はあまり行儀のいいことではない。

「話は変わりますけど、母親を亡くしたとき、どうでした？」

「えっ、吉井くん、亡くしたの？」

「はい。半年前に」

「そっか……」カンちゃんは自分のことのように哀しそうな顔をした。「吉井くんはお母さん想いだったもんね」

僕は首をかしげた。カンちゃんにそれに類する話をした記憶はなかった。でも考えてみれば、カンちゃんの泥酔《でいすい》を見つめている記憶の中の僕はつねに冷静だが、その逆パターンもあっただろう。カンちゃんが冷静で、僕が泥酔。そんなとき、母に関する話をしたのかもしれない。思い当たるフシなら、ある。あの頃の僕はまだ自分の酒量の上限がわかっておらず、しばしば危険水域を越えた。お互い様なのだ。

僕はこの半年間で世界の見え方が変わった。たとえば高齢者と道ですれ違うとき、この人たちのほとんどが親を亡くした経験があるのかと思うと、平気な顔をして歩く彼ら彼女らが、ふいに奇妙な生き物に見えてくるのだ。

「忘れたよ」

とカンちゃんが言った。「時間が経てば、歓びも哀しみも、そのときの生々しい気持ちは全部忘れちゃうんだ。だから安心しなよ。じゃ、帰ろっか」

お代はカンちゃんがもってくれた。店を出たところで、「あのリストからどれか一つだけ叶うとしたら、どれを択《えら》びます？」と訊《たず》ねた。

「やっぱり、お美代さんとの再同居かな」

「再、再、再同居でしょ」

僕は指折り数えながら、微笑《ほほえ》ましい気持ちになった。男一匹、七十三歳まで生きて、妻との同居が最後の願いだとするなら、可憐《かれん》と言うべきではないか。

「それじゃこんどカラオケ行こうね、ばいばーい！」とカンちゃんは自転車で帰って行った。

僕は帰りの電車に揺られながら、契約社員時代にカンちゃんにピンチを救われたことを思い出した。あれは各界の著名人に「お気に入りの宿ベスト3」を挙げてもらう雑誌の企画だった。僕が担当した中に、日本有数の大企業のトップがいた。ダメもとで依頼したら、「十三日の十四時から二十分だけなら」と秘書からOKが出た。僕はこれを「十四日の十三時から」と記憶してしまったのである。十三日の十四時三分に秘書から「いまどこにおられます？」と電話が入り、僕は絶句した。

取材をすっぽかしたことを報告すると、編集長の顔はみるみる真っ赤に染まった。

「バカ野郎！　いますぐ菓子折りを持って謝ってこい！」

その会社から何度か広告を入れてもらったことがあったのだ。周囲の同情と冷笑を浴びながら、打ちひしがれて近くの和菓子屋を調べていたら、カンちゃんがやって来て告げた。

「僕もついて行ってあげるよ」

本社ビルを訪ねると、社長室長の男性が現れた。僕らは何度も頭を下げた。室長にも塩っぽい対応を演じ続ける趣味はなかったようだ。ものの五分で解放されることになった去り際、カンちゃんが言った。

「これはまじめな男なんですが、われわれの仕事は、えてしていちばんトチっちゃいけないところでトチってしまうものでして……」

このときばかりは室長の顔にも憐憫《れんびん》が浮かんだ。カンちゃんはビルを出たところで、ぺろっと舌を出した。「どんまい、気にするな。飲みに行こうぜ！」

あの時、なぜカンちゃんは付き合ってくれたのだろう。「僕もついて行ってあげるよ」と言われたときの救われた気持ちは、思い返すたびに胸に灯がともる。


次の水曜日、僕は図書館での仕事を十三時に切り上げ、約束どおり裏の芝公園へ向かった。カンちゃんは缶ビールを飲みながら待っていた。

「じゃ、行こっか」

缶をぐしゃっと潰し、自転車のカゴへ入れる。僕らは田町《たまち》の「歌広場」へ向かった。平日の昼間なら、フリードリンク付き、二人で一時間千円でお釣りがくる。

部屋へ通されると、カンちゃんはリュックから曲名リストを取り出し、「今日はここからなんだ」と「浜辺の歌」を入れて歌い出した。歳のわりに高い声で、想像していたよりもずっと上手だった。僕は曲名リストを手に取って眺めた。今日はカンちゃんの百曲レパートリーの中でも、童謡が六つ七つ並ぶパートに当たったらしい。

カンちゃんは修行僧のように三曲を歌い終えた。

「採点、しなくていいんですか？」

「うん、あれはやめた。吉井くんの助言どおり、死ぬまでにしたいことリストを十三まで絞ったんだ。あと三つ消さないとなぁ」

　それからもカンちゃんは真剣に、かつ機嫌よく歌い続けた。もちろん僕は歌わなかった。一万曲制覇をめざすカンちゃんの残り少なくなった持ち時間を減らすわけにはいかない。

　曲名リストには歌謡曲パートもあった。小林旭《こばやしあきら》「熱き心に」、河島英五《かわしまえいご》「時代おくれ」、尾崎《おざき》紀世彦《きよひこ》「また逢う日まで」、来生《きすぎ》たかお「夢の途中」、かまやつひろし「我が良き友よ」、アリス「遠くで汽笛を聞きながら」。どうせならこちらの方を聴きたかった気もする。

「よーし、今日はこれくらいにしておくか」

　七曲ほど歌い終えて、カンちゃんはマイクの電源を落とした。

「さあ、呑みに行こう」

　駅ビルの立ち呑み屋には、生活費をほとんど酒代につぎ込んでいそうな一人客が何人かいた。僕らはビールで乾杯した。

「付き合わせて悪かったね」

「いえいえ。それにしても一人カラオケって安いし、ストレス発散になるし、良さげですね」

「うん。こんなに安上がりな趣味はないよ。みんな、お金ないんだから」

「ある人はあるでしょ」

「ないって」

「少なくとも僕よりはあると思うなぁ」

「それはそうかもね」

「失礼な」

「わははは」

笑っている最中に、ふと孤独を覚えた。酒を飲んでるとき間欠的に人を襲う、あの孤独だ。**僕はお金が欲しいわけじゃない、本当の人生を起動したいだけなんです。**何者かに向けてそう訴える。

「ついさっきの話なんですが」

と僕は自分の心を現実に引き戻しながら言った。

「図書館でオスカー・ワイルドのこんな言葉を拾いました。『若い時、人生はカネだと思った。いま歳を取って、それが真実だと知った』。カンタローさんはどうですか。歳を取って、その通りだと思いましたか?」

「う〜ん、どうかな。息子に金が掛かるようになって、家のローンも残ってたときは欲しかったけど。でも僕、退職のとき失業保険を辞退したからね。二百万くらい貰えたはずだけど、これを貰ったら遊んでダメになっちゃうと思ったんだ。ハローワークに辞退のサインをしに行くときはスーツを着て、モンブランの万年筆で調印式に臨んだよ。そしたら『辞退にサインはいりません』だって」

カンちゃんらしいエピソードだと思った。この人の中には、自分と自分が闘うだけでドラマが生まれる自己完結型演劇性人格とでもいうべきものがあって、それがカンちゃんの人生を節《ふし》目《め》節目で演劇的なものにしていた。根っからの面白がり屋なのだ。

「だから僕に言わせるとこうかな」

カンちゃんはジョッキを傾けながら言った。

「若い時、人生はカネだと思った。歳を取って、なにがなんだか分からなくなった」

僕は噴き出した。迷言集の仕事がきたら収録したい。

「だって僕なんか、時どきおむつしてるからね」

「なにが〝だって〟なんですか」

「だって呑みに行くとチビッてることがあって、おいおいってなるよ。僕は小さい頃、おむつ取れるの遅くてね。よくよく縁があるんだな」

老いは総じて悲劇に傾きがちだが、こんなふうにあっけらかんとされると、後進としては救われた気持ちになる。

「それよりも聞いてよ。お美代さんがエンディング・ノートを付け始めたんだって。息子から聞いたんだけど、気になって仕方ないよ」

「見せて貰えばいいじゃないですか」

「まだ誰にも見せる気はないらしいんだ」

「カンジュニに盗んできて貰えば?」

「無理だよ。『お父さん、またそんなことするんですか。僕は絶対にイヤです』って言うよきっと。あいつ変わったところあるから」

どの口が言うか。僕は慣れない昼酒で酔っぱらっていたこともあり、「だったら僕が探りを入れてあげましょうか」と言った。

「えっ、そうしてくれる？」カンちゃんが目を輝かせた。「それなら僕は知らないことにして欲しいなぁ」

「いいですよ。カンジュニのメールアドレス、変わっていませんよね？　いま打ちます」


お久しぶりです。吉井です。覚えてますか？

じつは先日、カンタローさんとばったり出くわしまして。

母上がエンディング・ノートを付けておられるとか。

カンタローさんがそのことをとても気にしていたので、よかったらちょこっと内容を教えてくださいませんか？

なお、このことはカンタローさんは知りません。


最後の一文はいかにも取って付けたようだが、まあ仕方ない。僕は送信した。それからのカンちゃんはそわそわして仕方なかった。「まだ返事来てない？」「まだです」「まだ？」「まだ」こんなやり取りを三回くらい交したところで散会となった。

カンジュニから返事があったのは、その日の真夜中のこと。エンディング・ノートの全ページをスキャンしたものが添付されていた。開くと、じつに詳細なフォーマットに分かれている。

「名前の由来」「好きな花」「好きな色」「どんな子どもだったか」「サークル・部活動」「これまでに勤めた会社」「嬉しかったことベスト3」「私の武勇伝」「終末医療の希望」「希望する死に場所」「葬儀で弔辞をお願いしたい人」「お墓についての希望」「もしものときの連絡帳」「預貯金・保険・クレジットカードについて」「家族へのメッセージ」……etc.

　これでも全項目の三分の一くらいだ。

「どんな子どもだったか」……内気で、なかなか周囲に溶け込めない子どもでした。中学校で、サヨとメーコと親友になって、ようやく楽しい学校生活が送れるようになりました。

「子どもの頃なりたかった職業」……スチュワーデス。

「嬉しかったことベスト3」……息子を授かったこと。息子が優しい子に育ったこと。息子が介護してくれること。

「私の武勇伝」……息子が小三から小四に上がるとき、学校に掛け合って担任を替えさせました。

　まだ空欄《くうらん》の箇所もあったが、僕はノートを読み進めるうち、お美代さんに親しみを覚えた。記述から再現された彼女の人生は、この世代としてごくごく普通の、それでいて七十年間しっかり生きてきた女性のリアリティに溢れていた。カンちゃんはお美代さんの強烈な面について、話を盛り過ぎではないだろうか。

一方で僕は、だんだんと顔が強張《こわば》っていくのをどうすることもできなかった。ないのだ。カンちゃんに関する記述が。たったの一行も。

僕はカンジュニのメール本文を読み返した。

「お久しぶりです。添付します。ご覧のようなわけで、父には見せないのです」

カンジュニのケータイを鳴らしたが、出なかった。その代わりすぐにメールが来た。「なぜ父についての記述がないのかわかりませんが、知ったら父はそれなりに傷つくと思います」

僕はしばらく考えたすえ、このエンディング・ノートをカンちゃんに転送した。

翌朝、カンちゃんから返信が届いていた。

「ありがとう。僕、どうすればいいかな」

僕にも、どうすればいいかわからなかった。バーナード・ショーは「希望を抱かぬ者は、失望することもない」と言ったけれど、カンちゃんは死ぬまでにしたい十三の希望を持っていたから、十三の失望を味わうかもしれなかった。

それからしばらく、カンちゃんからの連絡は途絶えた。僕からもしなかった。名言のピックアップ作業に行き詰まったからだ。五百個くらいまでは快調に拾えたが、その先は一発採用できるものに乏しく、二流三流の名言を拾うかどうかでいちいち悩んだ。

——こんなに時間が掛かっちゃ、割りに合わないよ。

僕はため息をつき、みなと図書館に通い詰める高齢者たちを見渡した。どんな人にも、短編小説のネタになるような出来事が人生で三つはあるという。ならばこの人たちの胸にも、宝物のような恋愛経験や、充実した仕事人生の思い出が蔵《しま》われているのだろうか。そうかもしれないし、そうじゃないのかもしれない。

少なくともこの人たちは、若いときに高度経済成長期を駆け抜けた。バブルも現場で味わった。僕のように四十歳を過ぎてから、**そろそろ本当の人生を起動させたい**と思ったことはないだろう。だからと言って、いま図書館で毎日のように日経新聞や週刊文春を奪い合う彼らが、僕より上等な人生を送っているとは思わない。いや、思いたくない。

心の中でこんな独り相撲が始まったら、やはり休憩をとるべきだろう。僕は裏の公園へ出て、ベンチに座った。子どものブランコ遊びの振り子運動を見つめながら、これまでの仕上がりを振り返る。

〈仕事〉の項目は、まずまずの出来だった。天職に巡り合えた人たちのストイックで清々《すがすが》しい言葉が並ぶ。〈恋愛〉や〈結婚〉も、気の利いた警句や洞察に満ちていた。やはりこの手の話題は人類の大好物なのだ。〈悲哀〉や〈苦悩〉についても枚挙にいとまがない。このパートをざっと眺めるだけで、世が儚《はかな》く思えるほどだ。

問題は〈幸福〉パートだった。ここだけは出来の悪い言葉ばかり並んでいる気がしてならない。たとえば――。

「われわれは幸福になるためよりも、他人に幸福と思わせるために四苦八苦している」という皮肉な見解。「幸福とは幸福を探し求めることだ」という同語反復的表現。「誰もが幸福について語るが、それを知っている者はいない」という観察報告。「いまだかつて、自分を本当に幸福だと感じた人間は一人もいない」という幸福の存在自体の否定。

やはりどれも精彩を欠いているように思える。なぜだろう。僕はこのパートを拾っているあいだ、そのことについて考え続けた。

考えられる理由の一つは、本当にないから。人間は存在しないものについてうまく考えることができない。もう一つは、仮にあったとしても数億人に一人しか手に入らないというもの。そういう人は言葉を残さなかったかもしれないし、自分が幸福であることに気づかなかったかもしれない。

だがこうした僕の考え自体も、どこかピント外れな気がした。なぜだろう。どうして人間は幸福について考えるのが苦手なのか。そんなことを考えていたら、

「きょええぇーっ！」

と耳をつんざくような声が響いた。見れば三歳くらいの男の子が、ブランコで母親に背中を押されるたびに絶叫《ぜっきょう》している。

「いっひゃぁ〜！」「うぐわっぱぁ！」

男の子は興奮しきって、とうとうこの世のものとは思えない声を上げ始めた。母親は恥ずかしがりながらも、白い歯を見せて押し続ける。いまこの二人はまちがいなく幸せだろう。**本当の人生を生きているのだ。**

しかし母親が押し疲れてやめると、男の子は「もっと！　もっと！」と泣きだした。僕は代

わりに押してやりたくなったが、すぐに空《むな》しさを覚えた。幸せのあとには、どのみち失望がやってくるのだ。

人間は腹が減れば苦しみを感じ、満たされれば充足を感じる。〈幸福〉もこれと似たようなものかもしれない。心がひもじければ哀しみを感じ、充《み》たされれば幸福を感じる。少なくともわれわれの一生が、この振り子運動の中にあることは確かだ。まず腹が減るからこそメシがうまい。少年よ、大志を抱け。

「父が株で大損した模様です。参りましたね」

みなと図書館へ向かう道すがら、カンジュニからこんなメールがきた。僕はカンジュニのケータイを鳴らした。出ない。電車に乗ったところでメールが来た。

「ちょっといまバタバタでして。よかったら父の様子を見て来て頂けませんか」

あいかわらずカンジュニの距離感がつかめない。なぜ僕なのか。何を見てくればいいのか。そろそろ電話に出てはどうか。

僕はその日のノルマを拾い終えた夕方過ぎ、品川《しながわ》駅の港南口にある「喫茶室ルノアール」でカンちゃんと待ち合わせた。

「やっ、どうも」

カンちゃんはいつものようにリュックを背負って上機嫌にやって来た。

「聞きましたよ。株で負けたんですって？」

「うげー、バレたか」

聞けばカンちゃんは「死ぬまでにしたい十三のこと」を十まで絞るために、「株で一億円勝ちたい」と「お美代さんと同じ墓に入りたい」を合体させて、「株で一億円勝ってお墓を買う」という項目を思いついたらしい。そこで、信用取引に手を出した。信用は手持ち資金の三倍を張らせてもらえるが、負けるときも三倍。カンちゃんは苛酷な株式市場で瞬殺されたのである。

「いくら負けたんです？」

「クルマ一台分くらいかな」

国産か、外車か、それとも中古車か。たぶん国産の3ナンバー新車くらいやられたんじゃないかな、と思った。

「お墓ないんですか？」

「富山《とやま》の田舎にはあるんだけど、お美代さんはそこに入るのが嫌なんだと思う。だから都内にゴージャスなやつを買おうと思ってさ。できれば青山《あおやま》霊園。それなら僕と一緒に入ってくれるかなと思って」

たしかにお美代さんのエンディング・ノートの「お墓についての希望」はまだ空欄だった気がする。でも同じお墓に入るって、そんなに大切なことだろうか。生前、同じ空間でどう生きたかの方が、よほど大切なことに思えるのだが。

そのあと僕らは酒場に流れた。カンちゃんは荒れた。やはりダメージを受けていたのだろう。僕もあてられて、たくさん呑んでしまった。気がつけば一軒目で四時間、二軒目で三時間。別れる頃には日付が変わっていた。

「ごちそうさまでした……」

「うん、ばいばい……」

よろよろと歩き出したカンちゃんの足取りはいつにも増して危なっかしく、結局僕がカンちゃんの自転車を引いて送ることになった。

夜中の芝浦はほとんど人影がなかった。古いマンションにぽつぽつ灯《とも》る照明で、ここも人里であったたか、とようやく胸やすらぐ程だ。

僕らは黒ぐろとした運河の橋を渡り、赤信号で止まった。二台のダンプカーがけたたましい音を立てて通り過ぎて行く。信号が変わっても、カンちゃんはついてこなかった。見れば、立ったまま寝ている。

「青ですよ」

「うん……。あっ！」

一歩踏み出したところで、カンちゃんが叫んだ。

「どうしました？」

「ううん、なんでもない」

またとぼとぼ歩き出す。風が潮くさい。

「カンタローさん、質問があります」

「どうぞ」

「幸福って、なんだと思います？」

「難しいこと訊くね。吉井くんはいつもそんな難しいことを考えているの？」

「たまたまです。仕事で出てきたものですから」

「ふーん……。いなくなって欲しくない人の名前を、すぐに挙げられることじゃないかな」

これは、ごく個人的な主張だろう。お美代さんの名前をすぐに挙げられる自分は幸せだと、カンちゃんは主張したいのだ。**俺は本当の人生を生きている**と。僕は老年期の主題をいさぎよく「お美代さん」に絞った人の顔をまじまじと見つめた。その視線に気づいたカンちゃんが、「ねえ、吉井くん」と言った。

「はい」

「じつは僕も、父知らずなんだ」

「えっ？」

あれだけ飲み、語ったのに、これは初耳だった。

「だから吉井くんが編集部に入ってきたときは、まるで自分の若い頃を見るようだったよ。僕も母親を亡くしたときは辛かったし、しばらくは世の中が味気なかった。でも、腹括《はらくく》りなよ。四十歳からは速いぞ。幸福なんか見つからなくたって、腹の括り方次第では、幸福になれるんだ。吉井くんにはそのセンスがあると思うよ」

やがてカンちゃんは大きくも小さくもないマンションの下で立ち止まり、「ここ。六〇三号室」と告げた。僕は玄関まで送った。ドアを閉めて帰ろうとしたら、中で大きな音がした。開けると、カンちゃんが仰向けになって鼾《いびき》をかいている。

僕は部屋の灯りをつけ、簡易なパイプベッドの上からタオルケットを持ってきた。そこで、カンちゃんの股間《こかん》が濡れていることに気づいた。

——さっき信号で声をあげたのはこれだったのか……。

正直、一度は見て見ぬふりをしかけた。でも、人道に悖《もと》るような気もする。しょうがねぇか、と自分に言い聞かせて、そこらへんにあったタオルを水道で濡らした。カンちゃんのズボンとパンツをずり下げ、わしわしと股間を拭う。ベッド下のスペースにあった大人用おむつを穿《は》かせて、一丁上がり。

僕は大きな赤ん坊のような人の寝顔をしばらく見おろした。カンちゃんが股間の気持ち悪さに耐えながら、先ほどのようなアドバイスを呉《く》れたと思うと、おかしくも有り難かった。

翌日、メールが来た。「きのうはどうも。おむつ、ありがとね」

名言のピックアップ作業は大詰めを迎えた。最後は芸能人やアスリートの言葉にまで渉猟《しょうりょう》の範囲を広げ、どうにか千個に到達した。選定を終えて思ったのは、「じつに様々な人が、様々なことを言っている」ということだった。僕は言葉の海を泳ぐことに疲れた。

編集の布井に原稿を送った三週間後、「レイアウトが上がったので校正よろしく！」とPDFが送られてきた。僕はまた言葉の海に漕ぎだした。赤字がびっしり入ったレイアウト用紙を持って、ふたたび図書館に通い始めたのである。

カンジュニから続報が入ったのはその頃のことだった。

「母が生前葬をやる意向らしいです」

カンちゃんからも連絡があり、僕らは田町の歌広場で落ちあった。カンちゃんはそわそわしていた。

「この前はありがとね。ところで僕、生前葬に呼んで貰えるのかな」

「当然ですよ。カンタローさんがスポンサーなんだし、曲がりなりにも夫なんだから」

「そっかな。ところでこれ、更新したら今度は三つ足りなくなっちゃった。どう思う？」

カンちゃんは最新版「死ぬまでにしたいことリスト」を差し出した。

① お美代さんとまた一緒に暮らしたい。
② お美代さんの生前葬をプロデュースして成功させたい。
③ お美代さんより先に逝きたい。
④ お美代さんと同じ墓に入りたい。
⑤ 家族三人で温泉に二泊したい。
⑥ カラオケで一万曲制覇したい。
⑦ カラオケで人を泣かせたい。

生前葬に呼ばれる気まんまんではないか。僕は「お墓はどうするんですか」と訊ねた。

「都心のビルのロッカーにしたよ。無宗派の永代供養《くよう》があるんだ。仏壇もほら、これで充分」

カンちゃんはスマホのアプリを立ち上げてみせた。

「仏壇アプリ。ボタンを押せばロウソクを立てられるし、お経も流れる。どうせ何年かしたら息子しか墓参りに来なくなるんだし、これで充分だよね。それにあいつ、リアルな仏壇に毎日お供え物なんて絶対にしないよ」

墓はロッカー。仏壇はアプリ。母の後始末で忙殺されていた頃を思い出し、いっそサバサバしてていいなと思った。死者は生者の足枷《あしかせ》となってはならない。**母さん、僕もそろそろ本当の人生を始めたいのですが、どうしたらいいでしょう？**

「あした、生前葬の業者と打ち合わせがあるんだ」とカンちゃんが言った。

「どれくらい掛かるんでしょうね」

「どうだろう。二百万や三百万ならどうってことないよ。株で負けた分があれば、もっと盛大にやれたのになぁ」

どうってことないという台詞《セリフ》は、僕を少しだけ悲しい気持ちにさせた。この世代でしっかり勤めあげた人は、やっぱり僕なんかとは財力が違う。

「生前葬に呼ばれても、べろべろになっちゃ駄目ですからね」

「うん、わかった」

カンちゃんは途端に元気になり、「さあ歌おうか」と部屋の電話でビールを注文した。老眼鏡をかけて一万曲リストを目で追う。今日は演歌パートだったた。何曲か歌ったところで、カンちゃんが手洗いに立った。僕はその隙に「死ぬまでにしたい七のこと」リストを撮影し、カンジュニに送った。「これを母上に見せて下さい」と本文を添えて。すぐに「了解」と返信があった。

カンちゃんはトイレから戻ってくるなり、「吉井くんも何か歌いなよ」と言った。お許しが出たので、槇原敬之《まきはらのりゆき》の「ＳＰＹ」を歌った。僕とカンジュニのやっていることはスパイ行為に当たるだろう。その心境を託した選曲だ。カンちゃんは聴き終えて一言、変わった曲だね、とつぶやいた。

名言集が発売となり、一冊送られてきた。

しばらくは読む気になれなかったが、ある晩ふと手に取り、一晩かけて通読した。思っていた通り、出来のいい言葉と悪い言葉は一目瞭然《いちもくりょうぜん》だった。収録数を十分の一まで絞れば、いい本になっただろう。いつか百個だけを抜き出して私家版を作ろうと思った。

もっとも苦心した〈幸福〉パートに差し掛かると、カンちゃんの言葉を思い出した。

「幸福なんか見つからなくたって、腹の括り方次第では、幸福になれるんだ」

これはほかの収録語よりも優れている気がした。つまりカンちゃんは〈幸福〉に関する限り、ニーチェやドストエフスキーよりもシャープな定義を思いついたのだ。昼間から一人カラオケに興じる老人が、ときに古今東西の偉人よりも鋭い人生観を漏らすことを、われわれは肝《きも》に銘じなければならない。

　僕は次の仕事に取り掛かった。また布井から「頼りになるがん名医100人」という企画を振られたのだ。このままリストアップ屋になるのはヤだな、と思いつつ下調べをしていたある日、カンジュニからメールがきた。

「お陰様で昨日、母の生前葬をとり行うことができました。その様子をお送りします」

　ファイルの転送サービスで届いたのは、二時間二十九分に及ぶ映像だった。

　僕は深夜の上映会を開くことに決め、コンビニで焼酎とおつまみを買ってきた。

　焼酎の水割りをつくってノートパソコンで動画を再生すると、車椅子に座る白いワンピース姿の女性が現れた。お美代さんだ。かたちのいい瓜実顔《うりざねがお》が際立って見えたのは、髪をうしろで束ねているからだろう。きりりと結ばれた口と、黒目がちな瞳が、意志の強さを窺《うかが》わせる。僕はエンディング・ノートに記されたお美代さんの人生に思いを馳せ、居住まいを正した。

　会場はホテルの宴会場みたいなところだった。参列者はおそらく四、五十人だろう。生前葬は主役の趣味に従い、「ダンス葬」や「生け花葬」といったテーマを設ける事が多いらしい。お美代さんが選んだのは「カラオケ葬」だった。

「それでは只今《ただいま》から、今井《いまい》美代の生前葬をとり行いたいと思います」

　モーニング姿のカンちゃんが緊張した面持ちで告げた。僕は「待ってました」とつぶやき、水割りに口をつけた。口開けにお美代さんが美空《みそら》ひばりの「愛燦燦《あいさんさん》」を歌い、拍手を浴びた。

　しばしの歓談のあと、カンちゃんが再びマイクの前に立った。

「お次は、お美代さんと中学校で同級生だったお二人です」

二人の女性が壇上に登った。まず、紫色のドレスを着た女性がマイクを持った。

「中村《なかむら》サヨと申します。美代、お招きありがとう。あなたらしい素敵な会だね」

とてもさっぱりした口調で、姉御肌なところがありそうな人だ。

「修学旅行で京都に行ったときのこと、覚えてる？　大人になってから『京都でいちばんの思い出は？』って訊いたら、あなた、『三人でタクシーに乗ったこと』と答えて、もう何十年も思い出すたびに笑ってるわよ。わたしは今日が美代とのお別れだとは思ってないからね」

彼女はそう言って、オレンジ色のドレスの女性にマイクを渡した。

「美代～。二十三歳のとき、三人で一度だけディスコに行ったこと覚えてますか？」

彼女の声はすでに震えていた。

「慣れない濃いお化粧をして、履いたことのない、こーんな高いヒールを履いて、いちばん派手な服を選んで、どきどきしながら三人で行ったよね。結局わたしたちはフロアで踊る勇気はなくて、すぐに出ちゃって。あのあと美代が『うちで鯛焼きつくろう！』と言って三人で焼いて食べた鯛焼き、美味しかったね。あの味は今も忘れないよ。わたしたちはもう半世紀以上も友だちで……いつまでもそのままだと……わたしは……ごめんね。あなたは泣き虫だから絶対泣くなって言われたのに……」

二人がH^{2}Oの「想い出がいっぱい」を歌い終えると、カンちゃんがマイクの前に立った。

「いやぁ、うるっときちゃいましたね」

含み笑いの地顔がとても残念である。

「お次は坂上《さかがみ》あけみさん。あけみ先生はお美代さんの主治医です」

髪をアップにした四十代後半らしき女性で、光沢のあるベージュのドレスを着ていた。この会には「明るい服で来て欲しい」とお達しが出ているのだろう。

「美代さんは、とても強い女性です」

とあけみ先生は言い切った。

「息子さんの献身的な介護に助けられ、くじけず、あきらめず、つらい治療に立ち向かってこられました。こんなに強い人を見たことがありません。同じ女性として頭の下がる思いです」

あけみ先生は中島《なかじま》みゆきの「時代」をしっかり抑揚をつけて歌いきった。とてもまじめそうな人だから、この日に備えてたくさん練習を積んできたんじゃないかな、と思った。

それからも何人かが壇上で歌った。僕は素人紅白歌合戦でも観覧する心地で、すっかり酔っぱらい、横になってひじをついたり、いったん停止して手洗いに立ったりした。

中盤を過ぎたあたりで、突如カンジュニの声が耳に飛びこんできた。

「あれ、充電切れかな?」

ビデオカメラのマイクが声を拾ったのだ。カンジュニよ、今日は撮影係だったのか。久しぶりに声を聞いたぞ。お前も歌え。

後半に入るとカンちゃんの目が据わってきた。インターバルのあいだにたくさん飲んでいるのだろう。僕は「しっかりしろ、カンタロー!」とディスプレイに向かって言った。すでに終わった会のこととはいえ、気遣わしい。

動画の残り時間が二割を切ったところで、カンちゃんが「それでは私も歌わせてもらいます」と告げて壇上に立った。

しめやかなイントロが流れる。「ヨイトマケの唄」だ。カンちゃんは「♪今も聞こえる　ヨイトマケの唄」と綺麗に歌い出すことに成功した。

カンちゃんが歌い終えると、トリでお美代さんが山口百恵《やまぐちももえ》の「いい日旅立ち」を歌い、全プログラムが終了した。

「みなさん、本日は本当にありがとうございました」

お美代さんが言うと、会場から盛大な拍手がおきた。

「わたしのわがままにお付き合い下さり、感謝の言葉もございません。わたしはあと半年ほどで旅立つ予定です。葬儀はいたしません。今日という日が、皆さまとのお別れになります」

カメラマイクの性能は、あちこちで啜《すす》り泣く音を拾うほどには良くなかったようだ。しかしハンカチで目を押さえる女性たちの姿が、その音を想像させた。

「わたしの夫は、そこにいるカンタローさんです。ご存じの方もいらっしゃると思いますが、わたしたちはこの十一年間、別居生活を送ってまいりました。でもカンタローさんにはいいところがあって、『僕が死ぬまでにしたいこと』というリストに、こんなことを書いてくれていたんです。お美代さんとまた一緒に暮らしたい。お美代さんの生前葬をプロデュースして成功させたい。お美代さんより先に逝きたい。お美代さんと同じお墓に入りたい。……正直いって、いまさら同居はできません。そのかわり、お墓には一緒に入れて貰おうと思います。でもね、カンタローさん。一つだけ条件があるわよ。わたしより先に逝っちゃだめ。大丈夫だと思うけど」

それから夫婦は会場出口で参列者を一人ずつ見送った。最後の一人を送り出したところで、動画はプツンと止まった。僕はその静止画を見つめ、「お疲れさまでした」とつぶやいた。そしてなぜか、**僕も恋がしたい**という気持ちに襲われた。

カンちゃんは生前葬を終えて、「死ぬまでにしたい七つのこと」のうち三つをクリアした。一つは、お美代さんの生前葬をプロデュースして成功させること。もう一つは、お美代さんと同じ墓に入ること。残る一つは……。白状しよう。僕は「ヨイトマケの唄」を聴きながら、四番あたりで号泣したのだ。たしかに「母ちゃんの唄こそ世界一」だと思いつつ。

カンちゃんは「カラオケで人を泣かせること」に成功したのである。

第2話

夢うつつにも、非常識な時間の電話だということはわかった。それだけに出ない訳にはいかず、僕は「もしもし？」と電話を取った。

「突然だけど、自閉症スペクトラムという言葉をご存知かな？」

T社の編集の布井だった。僕は時計を見ながら答えた。

「それ、どうしても答えなきゃいけない質問ですか。水曜の朝六時四分に」

「頼むよ」

「知りません」

「アスペのことだよ。アスペルガー。これは知ってるよね」

「アインシュタインとかがそうだったってやつでしょ」

「そう。正確にいえば、自閉症スペクトラムの一種がアスペなんだけどね。でさ、コミックエッセイの漫画家で朝井名美《あさいなみ》って人がいるんだけど、この人がアスペなの」

「お断りします」

「聞いてよ」

「僕、絵心ないんで、コミックとか写真集の仕事はお断りしてるんです」

「たしかにコミックエッセイの仕事だけど、やって欲しいのは脚本《ネーム》づくり。朝井さん、ネタはあるんだ。なにせ三十年間アスペで生きてきた人だから。だけど脚本化しようとすると、まとめ方がわかんなくてパニックになっちゃうんだって。だから彼女にインタビューして、ネームにまとめて欲しいのよ」

これで少し目が冴《さ》えた。漫画原作の仕事というところに惹《ひ》かれたのだ。ネットで「頼りになるがん名医」を調べる仕事より面白いに決まってる。

「タイトルは？」

「『わたし、アスペです。』」

「あいかわらずストレートど真ん中へのコントロールだけは抜群ですね。二匹目のドジョウ狙いですか」

「いや、二百匹目くらいかな。ほら、数年前にアスペブームってあったじゃない？　単にわがままなバカまで『わたしアスペです』とか言い出してさ」

「あー、あったかも」

「俺もあのときは三人くらいにカミングアウトされたよ。でね、作家とか漫画家ってアスペが多いから、本も二百冊くらい出てるわけ」

「いま出す意味は？」

「ない。天才は忘れた頃にやってくるんだよ。朝井さんて独特な作風で、才能あると思う。ただ本人は無欲というか、見てる世界が違うというか、ブレイクしたいって気持ちがゼロなんだよ。とりあえず三人で打ち合わせしよう。明日の二時に茅場町《かやばちょう》のカフェでどう？」

「大丈夫です」

「いろいろ注意事項あるから、あとでメールしとくわ」

「了解」

「ところで、なんで俺がこんな時間に電話してきたか訊かないの？」

「なんでですか」

「『朝四時起きで人生がガラリと変わる黄金の法則』って本を作っててさ。その人体実験」

「で、変わりました？」

「うん。夜八時には眠くなるようになった」

「メール、待ってますね」

「はい」

僕は布団の中で「アスペルガー」について調べ始めた。じつにさまざまなタイプがいるが、いくつかの共通する特徴はあるらしかった。

空気が読めない。相手の気持ちや表情が読めない。会話の行間が読めない。曖昧なコミュニケーションが理解できない。要するに、世間で交わされている暗黙の文脈《コード》が理解できないのだ。

普段はあまり意識しないが、われわれの生活は幾千万もの約束事で織り上げられている。たとえばＴＰＯをわきまえた服装や身だしなみ。相手との関係性をふまえた適切な言葉遣いや挨拶の仕方。これだけでも細かく数え上げれば数千の約束事があるだろう。アスペの人はそのいちいちに躓《つまず》く。約束事を理解したうえで破る人をアウトローといい、理解できず破ってしまう人をアスペという。

またアスペには「他人と関わりたい」という欲望が稀薄らしい。そのため幼い頃から孤立したりイジめられることが多いが、高いＩＱや言語能力に恵まれることもある。芸術や学問の分野で活躍する人がたくさんいるのはこのためだ。好きなことだけを延々とやり続けてしまう「過集中」傾向もそれを後押しする。

僕は何冊かの参考文献と、彼女の全作品（まだ二冊しかなかった）をAmazonで注文し、ようやく布団から脱け出した。トーストを食べながら調べ続けると、まとめサイトがあった。

「一般的にアスペルガーの人が好むもの」↓規則性や法則性の高い仕事。数字、統計、コンピュータ。ペット、柔らかな生地、自分の部屋、静寂。同じ服、同じ食べ物、同じ毎日。総じて慣れ親しんだもの、シンプルなもの、変わらないものに囲まれていることを好む、完璧（＆潔癖）主義者である。

「苦手なもの」↓複雑な人間関係、パーティ、人混み。赤ん坊の泣き声、自動車のクラクション、掃除機やテレビの音（音量の高くなるＣＭは特に）。香水や煙草の匂い、蛍光灯、洋服のタグ、壁紙の模様。その他、非日常的なもの、新規のもの、五感を刺激するものはすべて苦痛のタネになりうる。

「アスペ率が高い仕事」→コンピュータプログラマー、SE、ゲームクリエイター、ウェブデザイナー、統計学者、画家。

僕はここまで読んで、いま自分が手にしているiPhoneをまじまじと見つめてしまった。シンプルなデザイン。機械《メカ》と芸術《アート》の融合。静かな佇まい。これこそ「アスペルガー的なもの」の象徴ではあるまいか。これを創り出した人は、毎日同じ黒い服を着て、他人の気持ちなどお構いなしに怒鳴り続けた完璧（&潔癖）主義者、スティーブ・ジョブズである。彼もまた「アスペルガーかもしれない有名人」の一人に名前が挙がっていた。

iPhoneにはアスペを満足させる何かが具《そな》わっている。言い換えれば、アスペの気持ちをかき乱す要素が徹底的に取り除かれている。足し算より、引き算。これはアスペの人の生きづらさを理解する上で大切なポイントだと思った。アスペは「静寂を好む」というよりも、「喧噪《けんそう》が堪え難い」からこそ静寂を好むようになったのではあるまいか。Apple製品が世界中で喜ばれているのは、われわれの中に多かれ少なかれアスペ的要素があるからだろう。

僕はトーストを齧《かじ》りながら、「幸先いいかも」と微笑んだ。これから取り組む仕事に自分なりの好奇心が拓《ひら》いたときは、うまくいくことが多い。

布井からのメールが届いた。

朝井名美さんに関する注意事項
1、アイコンタクトを求めるのは禁止。彼女は人の目を見ません。

2、ときおりこちらをムッとさせる言葉遣いをしますが、悪気はありません。流して下さい。
3、婉曲《えんきょく》表現、会話のための会話は禁止。たとえば「調子どう？」と訊ねたら、彼女は現在の体調や気分について詳しく説明を始めます。また挨拶代わりに「今日は天気悪いね」と言うことは彼女を混乱させます。「今日は天気が悪いから傘を持って行った方がいいよ」という「情報」ならOKです。彼女は「情緒」よりも「情報」を好みます。
4、舌打ち、突発的な話題転換、矢継ぎ早の質問、二人で同時に話し掛けること、たくさんの選択肢を提示すること。いずれもNG。
5、突如黙り込んだり、帰りたがるときがあります。必ず彼女の要望に従って下さい。そういうときは「話し掛けない勇気」も必要です。
6、打ち合わせは、茅場町の決まったカフェの決まった席でしかできません（下記URL参照）。それ以外の場所だと思わぬ事態を招くので避けて下さい。
7、その他、ガサツな我々からは想像もつかぬほどデリケートな世界に棲《す》んでおられることを忘れずに。
では、健闘を祈る！

僕は開館時間にあわせて図書館へ行き、丸一日、アスペルガー関連の本を読んで過ごした。
そして翌日、新鮮さだけが取り柄の一夜づけの知識を抱えて、茅場町のカフェへ向かった。

白塗りの壁と、木目調のインテリア、それに緑の観葉植物が好ましいバランスで配置されたカフェだった。耳障りなBGMもない。隅田川《すみだがわ》を望む大きな窓からは柔らかな陽が注ぎ込んでいる。

二人はすでに到着していた。いちばん右奥の席だ。彼女は民族衣装っぽい帽子をかぶり、薄茶色のサングラスを掛け、パステルカラーのスカーフを巻きつけていた。

「わたしを、傷つけない自信がありますか?」

これが彼女の第一声だった。僕は戸惑いつつも頷いた。

「ずっと、普通になることが夢でした」

これが彼女の二言目だった。僕はまたも頷くしかなかった。

サングラスから透《す》けて見える彼女の目は、切れ長で美しく、つねに伏せられていた。人生の大半の時間、自分の内側を見つめてきた人であるらしい。

おそらく彼女はこう言いたかったのだろう。

「わたしを、傷つけない自信がありますか?」は「わたしは他の人とちょっと違うポイントで、ちょっと違う傷つき方をします。その場合は特殊な対応をお願いすることもあるかと思います」

「ずっと、普通になることが夢でした」は「今回の作品は、普通になりたいと願うアスパー・ガールの気持ちがメインテーマですよね」

彼女は脚本用のライターがつくと聞いた瞬間から、誤解されやすい自分を説明するために、言葉を探してきてくれたのだ。それが少し舌足らずだったに過ぎない。

彼女はとても大切な液体を体内に取り込むようにホットミルクに口をつけてから、三つ目の情報を開示した。

「すべてに、色がついてしまうんです」

これは意味がよくわからなかった。ある種のクセがつくことをそう言うが——「色のついてない新卒を採って、わが社にふさわしい人材に育てよう」——そうではないらしかった。

僕が首を傾《かし》げると、それまでいつになく畏《かしこ》まっていた布井が言った。

「朝井さんは、共感覚の持ち主なんだよ」

彼女は森羅万象《しんらばんしょう》に色を感じ取ってしまうのだという。絶対音感の持ち主が、あらゆる日常音にドレミを聴き取ってしまうように。

「たとえば？」と僕は訊ねた。

白です、と彼女は答えた。

「なにが？」

僕が訊き返すと、

「だから、『たとえば』って単語は白なんだよ」

と布井が代わりに答えた。僕はコペルニクス的な驚きを覚えた。単語に色があるなんて！

「じゃ、じゃあ『キャプテン』は？」

「オレンジです」

彼女は静かに、しかし確信を持って答えた。

「じゃあ空……は青に決まってるか。爪、はどうかな」

白っぽい水色と、薄緑です。

彼女は淀《よど》みなく答えた。空が白っぽい水色だというのは、まあわかる。しかし爪が薄緑だという感覚はわかりにくかった。僕にわかったのは、彼女が独自の色のシステムに従って生きてきたということ。数字、記憶、音、空間把握などに優れたアスペは多いが、彼女の場合はそれが色だったのだ。

「では、おじいさんの声は？」

「だいたい深い緑です」

「恐怖は？」

「吊り橋の上を歩いているときなどは碧《あお》ですが、ホラー映画を観ているときは黒紫です」

「電車でお年寄りに席を譲《ゆず》りたくなくて、気づかないフリをしている人の心は？」

「黄土色です」

「まあ連想ゲームはそのくらいにして、打ち合わせに入りましょう」

と布井が言った。普段より紳士的なのが可笑《おか》しい。目次の叩き台が配られた。

第二話　この世界はカラフルだ！
第三話　不安だらけの学校生活
第四話　ママ、ママ、ママ！
第五話　不安だらけの社会人生活
第六話　人生最高の瞬間「診断がついた！」
第七話　漫画の日々
第八話　アスパー・ガールも恋がしたい

僕だって恋がしたいけど……。そんな雑念が掠《かす》めた頭上に、布井の言葉が降り注ぐ。

基本的に一話十二ページ。それを八本描き下ろして頂きたい。このペーパーはあくまで叩き台なので、そこらへんはフレキシブルに。ただし恋愛要素は必須です。読者の九十七％は女性ですから。アスパー・ガールの赤裸々《せきらら》な事実を、ユーモアに包んで描いて下さい。事実が真実に昇華されれば、なおいい。それじゃ次があるので失礼します。

なんだって？　布井が伝票を持って立ち上がった。おいおい、さすがに早すぎるぞ、と不安に思って彼女を見ると、いささかも動じず——というか布井が居たことすらもう忘れてしまったみたいに——じっと紙を見つめていた。

僕は気を取り直し、とりあえず目次案どおりにインタビューを始めるつもりで、

「朝井さんは幼い頃、どんな子どもでしたか？」

と訊ねた。彼女は「じっと座っている子どもでした」と窓ガラスを見つめて答えた。まるでそこに映る自分にぼんやり話しかけるように。

「どこにですか？」

「ランドリールームです。壁と洗濯機のあいだに、わたしがちょうどすっぽり嵌《は》まれる空間がありました。特別な用事がないときは、たいていそこで時間を過ごしました。左ひざを口で銜《くわ》えていることも多かったです」

「いつも左ひざだったんですか」

「はい、いつも左ひざでした」

「右ひざや、左腕ではなく？」

「はい、いつも左ひざでした」

これが本作の一コマ目になりそうな予感がした。左ひざを口に含みながら、ランドリールームの狭い空間で息を潜めている少女の姿は、どこかしら象徴的だ。鋭い感性、脆《もろ》い心、カラフルだが騒々しすぎる世界。彼女には洞窟《どうくつ》が必要だったのだ。

「学校生活は、不安が多かったんですね？」

「はい。小さいときは〝すこし変わった子〟で済んでいたのですが、やがてわたしが普通じゃないとわかると、男の子たちに揶揄《からか》われました。女の子たちは仲良くしてくれませんでした。彼女たちの会話や気配りは、わたしにはどんな芸術よりも複雑に感じられました。理解不能でした。だから中学二年の秋、女の子のグループに入る努力をやめました」

「寂しくはありませんでしたか」

「寂しくはありませんでした。わたしにはママがいました。ママはこの世界の成り立ちについて、たくさん説明をしてくれました」

「どうやって？」

「一緒にテレビや映画を見てです。バラエティなら、『なぜいまみんなが笑ったのか』について教えてくれました。ドラマなら『なぜこの二人は結ばれたのか』『どうしてこの人は相手を怒らせてしまったのか』『この娘みたいに下着を見せて歩くと良くないことがある』『女の子はムダ毛を剃《そ》らなきゃいけない』。こうしたことすべてを教えてくれました。だからママが亡くなったときは本当に哀しかったです。世界について教えてくれる人がいなくなりました。でも大丈夫です。わたしも大人になったので、この世界の成り立ちについて、子どもの頃より深く理解しています」

「お母さんはいつ亡くなられたのですか」

「五年前です。わたしは二十五歳でした。一人でいることは好きですが、ママときぃちゃんだけは別です」

「きぃちゃんとは？」

「きぃちゃんは――」

彼女はゆっくりと首を左へ振り向けた。途中、初めて目が合った。ひやりとするほど冷たく澄《す》んでいた。

「六歳のとき西友のおもちゃ売り場で買ってもらったクマのぬいぐるみです。最近、色が変わってきました。ママが亡くなる直前の色にそっくりです」

「それは気掛かりですね」

「はい、気掛かりです」

「ちなみに何色になったのですか」

「アイボリーです」

「白クマですか」

「いえ、毛は茶色です」

「そうですか……」

どうやら生きものは亡くなる直前、アイボリー色になるようだ（きぃちゃんが生きものだとして、の話だが）。彼女が視《み》ているのは、人や物のオーラみたいなものかもしれないと思った。

「お母さんはほかに何かメッセージを残されましたか」

「こう言いました。『あなたのお陰でわたしは自分の間違いに気づいたわ。この世に普通なんてないのね。みんな違うのね』」

「普通は、ないんですかね」

「わたしはずっと普通になりたかったです」

「普通とは、なんでしょう？」

抽象的すぎる質問のように思えたが、普通に憧れ続けてきた彼女にとって、それはいつか手に入れたくてカタログの型番まで覚えてしまった高級家具のように具体的なものらしかった。

「普通とは、毎日同じ時間に目覚めて、同じ服を着て、同じものを食べて、同じ道を通って、同じ仕事をして、同じ時間に帰り、同じ時間にお風呂に入って、同じ時間に寝ないでも生きていけることです。普通の人は毎日が同じじゃなくても生きていけます。しかしわたしはそうじゃないと気分が落ち着きません」

「毎日同じものを食べているのですか」僕は驚いて訊ねた。

「はい、毎日同じものを食べています」

「メニューを教えてください」

「朝はヨーグルトとバナナと紅茶。昼はトースト一枚とホットミルク。夜はたらこパスタに、ネギと海苔のお味噌汁です」

「ずっとその食事ですか」

「はい、ずっとその食事です」

「どれくらい？」

彼女は首を傾げた。

「ヨーグルトは内容量がたしか七十グラムで、バナナは大きくても小さくても一本食べます。なるべく大きさの揃《そろ》った房を買うようにしています。紅茶はマグカップに一杯です」

「あ、すみません。どれくらいの期間同じ食事を続けているのか知りたかったのです」

「期間……。母が亡くなり、しばらく経ってからずっとです」

僕はキッチンで格闘する彼女の姿を思い描き、背中が寒くなった。唯一の世界解説者である母親を喪《うしな》った彼女は、今後自分がくり返していける献立を考案するために、どれほど試行錯誤を重ねたことだろう。これだけで充分一話になりそうだ。

「毎日が同じでないと、どうなりますか。たとえば予定が入ったときなど」

「一週間くらい前からわかっていれば、あまり問題はありません。心の準備ができます」

「では突発的に予定が入ると？」

「しわ寄せがきます」

「今日の打ち合わせもイレギュラーですか？」

「はい。あとでクールダウンが必要になります。一日外に出ると、そのあと二日は家の中で過ごさねばなりません」

アスパー・ガールは、ハイメンテナンス・ガールでもあるという。つねに負荷過剰状態《オーバー・ロード》にある彼女たちは、自室での休息を何よりも必要とする。照明、匂い、音、色彩、室温、ファブリックの手触り。そこは宇宙で唯一、自分で全てをコントロールできる感覚部屋《カームダウン・ルーム》だ。

こうした自己回復行為《メンテナンス》を怠ると、彼女たちは突如として感情の大爆発《メルト・ダウン》を起こす。まるでデパートのおもちゃ売り場で泣き叫ぶ子どもたちのように。

「朝井さんもメルトダウンを起こしますか」と僕は訊ねた。

「はい、わたしもしばしばメルトダウンを起こします。心身が言う事を聞かなくなるときは、全身が鉛《なまり》のように重くなります。自分でもどうにもならないのです」

僕は目の前の女性がパブリックな場所で泣き叫んだり、鉛のように固まってしまう姿を想像できなかった。彼女の静かな佇まいは、森の奥にある湖を思わせた。明鏡止水《めいきょうしすい》。どこか現実離れし、生々しさに欠けるが、対峙《たいじ》する者の気持ちを澄ませる何かがある。

彼女はスケッチブックと製図ペンを取り出し、絵を描き始めた。蛇口から小さなコップに水が注がれている絵だ。

彼女は製図ペンを走らせながら言った。

「普通の人より、キャパシティが狭いのです。だからこうして、すぐに溢れてしまいます」

彼女がサッ、サッと線を引くたび、コップから勢いよく水が溢れ出た。いまにもその音が聞こえてきそうだ。僕はつい「やっぱりお上手ですね、絵」と言ってしまった。

「ありがとうございます」と彼女は微笑んだ。

「あ、すみません。当然ですよね」

彼女は首を傾げた。なぜ謝られたのか理解できないようだった。僕は質問を続けた。

「漫画家になろうと思ったきっかけはなんですか」

「十代の後半、体調がすぐれず、学校を休む日が続きました。そのとき母から『日記をつけてみたら?』と言われました。あまり書くことがなかったので、物語や空想を書きました。そのうち絵もつけるようになりました。小さい頃から絵は好きでした。やがてコマ割りもするようになりました。すると日記ではなく、漫画になりました」

彼女は参考のために他人の作品を読んでみたが、コマの大きさや形が不揃いな漫画は、どの順番で読めばいいかわからなかった。彼女は四コマ漫画を好むようになり、自分でも四コマで描くようになった。この不可解な世界を四コマで切り取っていく作業は気持ち良かった。漫画を描いていると時間が経つのを忘れた。徹夜で四十本の四コマ漫画を完成させたこともあるという。

「題材は日常で起こった小さな出来事が多くなりました。ママや、きぃちゃんや、チワワの麻《ま》里《り》がよく登場しました。パパ？　うちにパパはいませんでした。ママはいつも喜んで読んでくれました。『あなたは将来、漫画家になるといいわね』と言いました。自分にもなれる職業があると知って嬉しかったです。一人でずっと漫画を描いていればいいなんて、夢のような生活だと思いました」

「作品を拝見しました。いまは四コマじゃなくて、八コマや十二コマで描かれているんですね」

「はい」

続けて彼女が口を開くのを待ったが、いくら待っても続きは始まらなかった。僕は彼女との会話のルールを破っていたことに気づき、訊ねなおした。

「八コマや十二コマで描くようになったのは、なぜですか」

「描きたいことが四コマに収まりきらないことがありました。そこで次の四コマにつなげて描いてみたらうまくいきました。つなげて描いてもいいのだ、と気づきました」

彼女の漫画は一種独特な雰囲気を持っていた。均等なコマ割りがずっと続くからでもあるが、そのことばかりが理由ではない。

彼女の漫画には直線が一本も存在せず、すべてが丸みを帯びた線で構成されていた。邪悪な心を持った人間は一人も登場せず、静かなやり取りが淡々と続く。人間くさい感情の揺れにはいささか欠けるところがあったが、まじめで、柔らかくて、純粋な透明感があった。つまりアスペルガー的な特徴をよく示した作風だったのだ。

彼女の作品には少ないながらも確実なファンが存在した。「読むと気分が落ち着く」「ついつい惹き込まれてしまう」。そんなあたりが、ネットに書き込まれた愛読者たちの声の最大公約数だった。

彼女がそわそわし出した。帰りたいのかもしれないと思い、僕らは名刺交換して店を出た。彼女は永代橋《えいたいばし》の方角へ歩き出した。

「朝井さんは、ここらへんにお住まいなんですね」

僕は貰ったばかりの名刺を見ながら言った。

「はい。すこし水天宮《すいてんぐう》の方へ行ったところです」

「いまは、お一人で暮らしているのですか」

「はい、一人で暮らしています」

「なぜここらへんにしたのですか」

「母が亡くなったとき、叔父が『住む場所だけは手に入れておけ』と言って、母の遺産でマンションを買ってくれました。『多少狭くてもいいから、将来売れる都心がいい』ということでこの場所に決まりました。知らない土地に慣れるまでは大変でしたが、お陰でいまは家賃を支払わずに済んでいます。共益費が五千四百円で、修繕積立費が一万二千八百円。先月から七百円上がりました。あわせて一万八千二百円です」

「そうですか。いい叔父さんですね」

「はい。いい叔父さんです」

永代橋のたもとに着いた。僕が「さようなら」と言うと、彼女も「さようなら」と言った。僕が「またあそこのカフェで逢いましょう」と言うと、彼女も「またあそこのカフェで逢いましょう」と言った。「あの席で」「あの席で」。「さようなら」「さようなら」。

僕は帰りの電車の中で、彼女の作品を開いた。気になるところが二ヵ所あった。彼女の等身大とおぼしき人物が、こんなことを言うシーンだ。

「わたしは自分が生きてることに、どんな意味があるのかわかりません。わたしは中身がないのです。カラッポなのです」

二ヵ所目。

「幸せという感覚もわかりません。でも、不安がないという感覚ならわかります。わたしは自分の部屋で絵を描いているとき、不安を感じていません。自分がアスペルガーであることも忘れています。ずっとこんな時間が続けばいいと思います。これが幸せでしょうか」

彼女が僕のために表札をつくってくれることになった。

彼女は言った。

「吉井さんは、薄ぼんやりしています」

はじめそれが彼女独特のユーモアセンスによるものか、それとも僕の人格に対する辛辣な批評なのかわからなかった。しかし、どちらでもなかった。

「吉井さんは薄ぼんやりしたねずみ色をしているので、表札の基調カラーもそれをヒントにしたいと思います」

彼女は構想をイラストに起こし、表札の素材になる粘土みたいなものをネットで取り寄せた。それを成形して塗装したあと、夜の公園へ小枝を拾いに行った。「吉井」の苗字を枝で組み上げるためだ。夜を択んだのは、子どものはしゃぎ声が苦手だから。

彼女は仕上がった表札が気に食わず、廃棄した。そしてネットで素材を吟味《ぎんみ》するところからやり直した。

そうやって完成した表札は、五芒星《ごぼうせい》のようなかたちをしていた。小枝で組んだ「吉井」にはナチュラルな味わいがあり、全体として素晴らしくオリジナリティに溢れていた。アートの才能に恵まれた縄文人《じょうもんじん》の少女が表札をつくったら、こんな風になるのではないだろうか。あの時代に表札が必要だったとは思えないけれど。

僕は茅場町のカフェで表札を手渡されたとき、卵を包みこむように両手で持った。

「ありがとう。とても素敵です」

とお礼を言うと、彼女は無表情のまま頷いた。

「ひとつ、質問してもいいですか？」

彼女はもういちど機械的に頷いた。

「これは薄ぼんやりしたねずみ色ではなく、五月の新緑のような緑ではありませんか」

「はい。五月の新緑のような緑です」

「どうしてこの色に？」

「吉井さんに、そうなって欲しいと思ったからです」

彼女は僕に変わって欲しいと願っている！　薄ぼんやりしたねずみ色から、五月の新緑のような色を湛《たた》えた人間に。おそらく魂とか人格のレベルで。彼女は僕に**起動せよ**と告げているのだ。


僕らはインタビューを重ねた。茅場町のカフェのいつもの席で、いつもの時間に、いつもの珈琲とホットミルクを飲みながら。あるとき僕は「もしご負担にならないなら」と前置きしたうえで言った。

「いい季節ですし、こんど隅田川沿いの遊歩道を散歩してみませんか」

彼女を困らせないように心の準備期間を提案したつもりだったが、彼女はすこし考えたあと、「行きましょう、いまから」と言った。「ママにも言われていました。あなたは運動不足になりがちだから、なるべく歩くようにしなさいって」

僕らはカフェを出て、隅田川沿いの舗道《ほどう》を歩き始めた。秋の空は澄んで高かった。川から微《かす》かに汐《しお》の匂いがする。

「汐の匂い、大丈夫ですか」と僕は訊ねた。

「汐の匂い、大丈夫です」

彼女はゆっくりと伸びをした。久しぶりに散歩に出た老犬みたいに。歩きぶりはとてもマイペースで、お陰で僕は彼女の綺麗な形をした鼻や、内省的な瞳を横から観察することができた。このひとは、本当に空っぽなのだろうか。こんなに美しい顔立ちをしているのに。あらゆる色を見分けることができる、精細な光学レンズを備えているのに。

一緒に歩くうち、仮に彼女が空っぽだとしても、それはそれで構わないじゃないかという気がしてきた。考えてみれば秋の空だって空っぽだ。あの奥には、だだっ広い宇宙という空洞《うつろ》が拡がっているだけだ。

「朝井さんは、『幸せという感覚がわからない』と描かれていましたね」

「はい。描きました」

「でも『不安がないという感じならわかる』。『これが幸せでしょうか』とも」

「はい。描きました」

「そのときの色は何色ですか。不安がない、ひょっとしたら幸せかもしれない時間の色は」

彼女は立ち止まり、目を閉じた。それは思ったよりも長く続いた。小さな汽船が僕らの左手からやってきて、右手に通り抜けて行った。やがて彼女は目を閉じたまま言った。限りなく白に近い東雲《しののめ》色です、と。

「しののめ？　それはどんな色ですか」

「夜が明け始める頃の東の空の色です。あけぼの色とも言います」

僕も目をつむり、その色を想像した。夜明けまえ。空が白み始める頃の東の空。あけぼの。なんとなく見えた気がして、目を開けた。

「これが幸せの色なんですかね」

わかりません、と彼女は首を振った。幸せにはあまり興味がないみたいだった。

僕らは新大橋《しんおおはし》で折り返し、彼女のマンションの下で別れを告げた。

「また歩きましょう」と僕は言った。

「はい、また歩きましょう」彼女の声は、ほんのり汗ばんでいた。

「できれば週一回くらい、散歩したほうがいいかもしれませんね」

「できれば週に二回くらい散歩したいと思います」

「ご一緒してもいいですか」

「はい。ご一緒してください」

こうして彼女の一点一画もゆるがせにしない生活に、散歩という新たなルーティンが加わった。僕らは月曜と木曜の十六時に永代橋に集合した。彼女はいつも明るい水色のスニーカーを履き、小さな赤いナップザックを背負って来た。二人が早く到着したときも、時間が来るまでは決してスタートを切らなかった。十六時きっかりにスタートすることが、この不規則なことが多すぎる惑星に対する僕らのささやかな抵抗だった。

四度目の散歩のとき、彼女と手が触れてハッと手を引いた。彼女は立ち止まり、僕の顔二つぶんくらい横を見つめて、

「手を、つなぎますか」と言った。

僕は狐につままれたような気持ちで「はい」と答えた。彼女はナップザックから手袋を取り出して嵌め、その左手を僕の右手に預けた。

彼女の手にはまったく力が入っておらず、こちらが摑《つか》んでおかなければすぐにも離れ落ちてしまいそうだった。伝わってくるのも厚手のスエードの感触だけだ。

きっと彼女は映画でも見ながら、ママに教わったのだろう。「こういうとき、男女は手をつなぐものなのよ」と。しかしママは力の入れ方や、手袋を嵌めると相手がどんな気持ちになるかまでは教えてくれなかった。

それでもよかった。僕たちにこれ以上のスキンシップは永遠に不要である——そんなことを思った自分が少し訝《いぶか》しかった。

手をつないだまま彼女が言った。

「吉井さんみたいに普通の人が隣にいてくれると、安心します」

自分の心が暖色に染まるのがわかった。吸う息、吐く息も微かに色づいた気がする。何色だろう。東雲色だろうか。僕は不意に自分を襲った出来事に驚いた。**これは恋だ。僕は彼女に恋をしたのだ。**

僕らは取材と散歩の日々を重ねた。〝普通〟の女性なら、とっくに僕の好意に気づいただろう。しかし言葉以外のものから相手の気持ちを読み取ることは、アスパー・ガールがもっとも不得意とするところだ。僕はこの仕事が済んだら、言葉ではっきり気持ちを伝えるつもりだった。

彼女に貰った表札はオブジェのようでもあり、魔除けのようでもあった。そいつは僕が玄関を出入りするたび、語り掛けてきた。

「生まれ変わりなさい。薄ぼんやりしたねずみ色から、五月の新緑のような色をした人間に」

むろんそれは、僕が望んでいることでもあった。

三話まで作画が上がったところで、彼女の三十一回目の誕生日が近づいてきた。

「表札のお礼がしたいので、誕生日プレゼントを買いに日本橋《にほんばし》の三越へ行きませんか」

と提案すると、彼女は顔を強張らせた。しばし思い詰めたような表情をしていたが、「わかりました。吉井さんと一緒なら行ける気がします」と言った。

僕は彼女にとって空気のような存在になることを目指していた。そうならなければ、いつまでたってもきぃちゃんや、彼女のお気に入りのマグカップよりも低いランクに甘んじ続けなければいけないからだ。これは冗談でもなんでもない。彼女にとってヒトとモノの垣根は驚くほど低く、あるいは地続きかもしれなかった。大切なのは有機物か無機物かの違いではなく、それが自分の気持ちを落ち着かせるかどうかなのだ。目測によれば、僕の現時点でのランクはきいちゃんよりもずっと下。マグカップの背中がようやく見えてきたくらいの位置だ。

彼女はタクシーで三越へ行くことに難色を示した。もし車内の匂いに反応してしまったら、そのあと買い物どころではなくなると言うのだ。移動手段は徒歩に決まった。僕は実際に歩いて、人通りや交通量の少ない道を探した。平日の三越にも何度か足を運び、十四時半頃が比較的空いていることを確認した。

これまで彼女にとって買い物といえば二種類しかなかった。ネットショッピングか、マンションの隣のスーパーで食材を買うことだ。彼女は隣のスーパーでつつがなく買い物ができるようになるまで、半年を要した。匂い、レジ音、蛍光灯、壁紙、困ったときに質問することができるお気に入りの店員。彼女がクリアせねばならない項目は多かった。

だから三越へ行くと決まったときから、彼女の心がざわついていることは容易に想像できた。僕はタイムスケジュールと持ち物一覧を「しおり」にまとめ、彼女にメールした。

タイムスケジュールはこうだ。

十一月十五日、すなわち彼女の誕生日の十四時十分に、マンションを出発する。十五分ほど歩いて三越についたら、まずはルームウェアの店へ行く。肌触りのいいものが揃っているから、彼女が気に入るものが見つかる可能性は高い。そこで欲しいものがなかったら、次は輸入雑貨店だ。そこでも見つからなかったら、アロマショップが最後の砦となる。

プレゼントを選び終わった時点で彼女に余裕があったら、地下の食品売り場へ行く。むかし彼女が好んで食べたというカカオ七十五%のチョコを買うためだ。そのあとに外食の可能性も残しておきたかったが、欲張りすぎだろう。またの機会にすればいい。

　彼女は僕から届いた「しおり」をプリントアウトし、イラストを描き込んだ。まずは当日の自分の格好だ。帽子、サングラス、スカーフ、手袋、ヘッドフォン。そして当日のカバンの中身。耳栓、アロマの匂い袋、スマートフォン、握って気持ちを落ちつかせるストレスボール。彼女はこの紙を壁に貼り、一日に何度も見返していると言った。

　前日、僕は翌日の天気や降水確率を彼女にメールした。「天気は良さそうですね」と末尾に記したら、「天気がいいのはいいことです。吉井さんと逢う日の降水確率は約六％です」と返事がきた。僕は彼女の枕元に明日の服や持ち物が用意されている様子を想像して、微笑ましい気持ちになった。

　当日、僕らはオフィス街の裏道をつたって三越をめざした。彼女の完全武装をまじまじと見つめるビジネスマンと何人かすれ違ったが、彼女はいつも通りどこ吹く風で、「気に入るものがあるといいですね」という僕の語り掛けに、「はい、気に入るものがあるといいです」と答えた。

　三越に入ると、一瞬、彼女が立ち止まった。でもすぐに何事もなかったかのように歩き出し、僕は胸をなでおろした。

　店内はまあまあ空いていた。静寂を破る子どもたちの姿もない。僕らは女性用のルームウェアを扱う店に無事たどりついた。ここまでは順調だ。あとは彼女が気に入るものさえ見つかれば、今日の外出は大成功である。

彼女はサングラスをしたまま、ゆっくりと店内を見回した。初老の感じのいい女性店員が、話し掛けるタイミングを探っている。

彼女は縞模様のパーカーに目を留めた。白地に淡いグレーのボーダーだ。右の手袋をはずしてしばらくパーカーを撫でたり触ったりしたあと、彼女は左の手袋もはずして両手で摑んだ。僕も隣にある色違いを手に取った。もこもこ。ふわふわ。とろとろ。どう表現すればいいかわからないが、好きな人にはたまらない触感だろう。

「これが、いいです」

彼女はパーカーを両手で握りしめたまま言った。値札を見るとセール価格で三千八百円。あっけなさがこみ上げてきた。せっかくここまで来たのだから、もうすこし高いものをプレゼントしたい。

そのとき視界の端に、クマのぬいぐるみを捉えた。僕はそいつを隣の雑貨屋から抱えてきた。茶色で、本物の子熊くらいの大きさがあって、一万八千円。

「これもどう？　きぃちゃん二世に」

きぃちゃんには作品の中でしかお目に掛かったことはなかった。そこで得た情報によれば、彼女を六歳のときから見守ってきたこの相棒は相当くたびれていた。彼女も「きぃちゃんがママの亡くなる直前の色に似てきた」と言っていたので、僕は軽い気持ちで「そろそろ代替わりを検討しては？」と提案したつもりだった。

ところが彼女は、その場にしゃがみ込んでしまった。

「えっ？　えっ？　どうしたの？　大丈夫？」

彼女はひざに顔をうずめて答えなかった。

「ねえ、どうしたの？　気分悪い？」

彼女は石になった。

「どうかなさいましたか」

初老の女性店員が心配そうに声を掛けてくれた。

「大丈夫です。ときどきこうなるんです。しばらくしたら治ります」

そうは言ったものの、「しばらく」がどれくらい続くものなのか、見当もつかなかった。こうなっては彼女をマンションへ送り届けるしかない。宇宙で唯一、彼女がくつろげるあの場所に。

「帰ろう。ねっ、君の部屋へ帰ろう。大丈夫？　歩ける？　おんぶしようか」

彼女は顔をひざにうずめたまま、かすかに頷いた。僕が背中を差し出すと、彼女は体を預けてきた。重かった。「心身が言う事を聞かなくなるときは、全身が鉛のようになります」と言っていたことを思い出した。

「エレベーターはこちらです」

女性店員が一階の玄関まで付き添ってくれた。僕は周囲の好奇の視線を感じながらも、「さすがに老舗《しにせ》百貨店の店員さんはきちんとしてるな」と、どうでもいいことを思った。

「タクシー、乗れる？」

肩のあたりでこくんと頷くのがわかった。僕らはタクシーに乗り込んだ。マンションに着くと再び彼女を背負い、エレベーターで四階へ向かった。彼女は部屋の前で僕の背中から降りると、一目散に中へ駆け込み、がちゃんと鍵を締めた。

次の月曜日、散歩の時間になっても彼女は現れなかった。僕は三越で買ってきたパーカーをマンションのポストに入れた。そのことを帰りの電車からメールしたが返事はなかった。

他人に絶望することをくり返してきた彼女に、「この人もわたしを理解してくれないのだ」と思われたとしたら、挽回はきかないのかもしれなかった。僕は「落ち着いたら連絡ください」とメールした。この一行に万感の想いを込めたつもりだが、アスパー・ガールに読み取ってもらえるはずもない。

あとで判ったことだが、彼女はあの日から緘黙《かんもく》状態にあった。ときおりアスペの人がおちいる症状で、なにかしらショックを受けたあと、言葉が出なくなる。通常、数時間から数日続くことが多いが、今回のケースは四週間続いた。つまり彼女は約一ヵ月のあいだ、誰とも話さず、誰にもメールを打たなかった。

やがて冬が来た。ようやく緘黙状態から立ち直った彼女がまずしたことは、布井に僕の解任を告げることだった。僕は布井からの電話でそのことを知った。

「何があったのよ？　そろそろ残りの原稿がまとめて届く頃かと思ってたのに」と布井は言った。

僕はすべてを話した。この野郎《ヤロ》、商品に手を出しやがってくらいの冗談は覚悟していたが、布井は「そっか。そんなことがあったのか」としんみり言い、「一度こうなったらコンビ復活は無理だと思う」と、僕にとっては残酷に感じられることを言った。「で、取材はどこまで進んでたの？」

「七話です」

最終話の「アスパー・ガールも恋がしたい」については取材していなかったし、仮にしていたとしても、今は書ける気がしなかった。

「それじゃとりあえず七話までのネームを俺に送って。あとはこっちでどうにかするから」

「承知しました。すみません、本当に」

「こんなこともあるって、長いことやってりゃ。でもさ、『クマのぬいぐるみを買ってあげようか』って訊くことが、そんなにいけないことだったのかな」

いけないことだったのだ、たぶん。きぃちゃんは危篤《きとく》状態で、彼女はそのことを悲しんでいたから。そういうことなのだ、たぶん。

「ま、今回はご苦労さん。企画はいくらでもあるから、次も頼むよ」

「すみません。ありがとうございます」

へまをしても、仕事には次がある。彼女には次がない。ここで気持ちを伝えなくては一生後悔すると思い、僕は「解任は受け入れたが、それとは別件で逢ってほしい」と彼女にメールした。あっさりとOKが出た。

いつもの茅場町のカフェで、いつもの時間に待ち合わせた。彼女はいつもの完全武装でやって来て、いつも通りの席に座り、いつも通りのホットミルクを注文した。僕もいつも通りの珈琲を注文してから、

「あなたのことが、好きです」と言った。

「そうなんですね」

彼女の口調と表情からは、いかなる感情も読み取れなかった。

「僕はあなたと出会うまで、自分のことがあまり好きになれませんでした。冴えない男だと思っていたのです。でもあなたと出会って、少し考えが変わりました。僕は凡庸《ぼんよう》で普通の人間だからこそ、あなたの日常生活や創作活動のお手伝いができるのではないか。そう思うようになったのです。僕はもっともっと普通になり、あなたをサポートするパートナーになりたい。あなたのお母さんがかつてあなたをサポートしていたように」

「ありがとうございます」

彼女はゆっくりとお辞儀した。落とし物を届けてくれた人に感謝するように。

「あなたのことが、好きなんです」

「そうなんですね」

「気づいていませんでしたか」

「ひょっとしたらそうかもしれないと思ったことはありましたが、わたしのことを好きになる男の人がいるとは思えませんでした」

「僕は好きです。あなたのそばにいたいと思っています」

「わたしは、変わっています」

「そうかもしれません。でも、あなたは今のままで充分です。いや、違うな。僕は今のままのあなたが好きなんです」

彼女は黙り込んだ。僕は恐るおそる「どうですか？」と訊ねてみたが、彼女はどんな反応も示さなかった。自分の沈黙を推敲《すいこう》するみたいに、じっと床に目を落とし続けた。

そしてあの瞬間が来た。

彼女は帰るべきときが来たといった感じで立ち上がると、いかなる躊躇《ためら》いも示さず、店を出て行った。なんと優雅な拒絶であることか。僕はしばし呆然とした。彼女を高貴な人であるとさえ思った。

数分後、途轍《とてつ》もない悲しみがこみ上げてきた。


茅場町のカフェからは足が遠のいた。かわりに大門や田町の居酒屋に戻り、連日カンちゃんに奢《おご》ってもらった。僕が地上で唯一甘えられる人だ。

「ほんの一瞬の春でした」

「また来《こ》ん春と人は云《い》ふ」

「しばらくは隅田川を見られそうにありません」

「春のうららの隅田川」

「なに言ってるんですか。ボトルもう一本入れちゃいますよ」

「入れちゃいなよ。吉井くんの本懐を祝おう」

「なんですかそれ」

「あれ、知らないの？　男は片思いするために生まれてきたんだよ。僕なんかお美代さんに何年片思いしてることか。男子の本懐、そこにありだ」

「……勉強になります」

「ところでその漫画、もう出たの？」

「さあ、そろそろじゃないですかね」

僕は彼女の最後の姿を思い出し、また悲しい気持ちになった。

「帰ります」

「あれ、ボトルは？」

「すみません、結構です。クダをまくのも今日でお仕舞いにします」

「いいんだよ。これはこれで楽しいし。またね」

家に帰って久しぶりにポストを覗くと、布井から『わたし、アスペです。』の見本が届いていた。僕はベッドへ横になり、一ページ目から読み始めた。

僕の起こしたネームがほとんどそのまま——一言一句たがわず、といっていいくらい——採用されていた。そのことが、他人の言葉を字義通りにしか受け取れない彼女の純粋さと重ねて思い出され、切なくなった。

第八話、「アスパー・ガールも恋がしたい」。

僕が書けなかった最終話だ。章扉はボーダーのパーカーを着た彼女。ページをめくると僕がいて、彼女がいた。僕はそのまま「吉井さん」と呼ばれていた。僕との出会い、散歩の日々、三越への買い物、緘黙といった一連の出来事が綴られたあと、こう結ばれていた。


「もしママがいなくなったあと、『いまのままの君が好きだ』と言ってくれる人がいたら、その人と一緒にいられるように努力しなさい」

これがママの遺言でした。

吉井さんはわたしにその通りに言ってくれました。

嬉しかったです。

わたしは吉井さんを好きになろうと努力しました。

でも無理でした。

カラッポのわたしの心が、言うことをきかないのです。

ママの遺言はこう続きます。

「努力しても好きになれなかったら、諦めなさい。あなたは一人が好き。あなたは一人でも生きて行ける。本当は全ての人が、最後は一人で生きて行かなきゃいけないの。でも『普通』の人にはそれが難しい。だからママは思うわ。一人が苦にならないあなたの性格こそ、神様がくれた最高のプレゼントじゃないかしらって。ママは安心して天国へ行けます。そして天国からあなたを見守ります」

ママはこの四日後に亡くなりました。

いまもときどき、吉井さんに貰ったパーカーを着て隅田川を散歩します。このパーカーは吉井さんと同じ色をしているので、隣に吉井さんがいるみたいで安心します。

でも一人で散歩していると、ときどき寂しくなります。ママはああ言ったけど、やっぱりわたしは「普通」になって、吉井さんみたいな人と一緒にいられたらいいのにな、と思うのです。

わたしは本当に一人で生きて行けるのでしょうか。

吉井さんはいい人なので、幸せになってほしいと願っています。

第3話

居酒屋でカンちゃんとメニューを見ていたら、大学の同級生である小野《おの》から連絡が入った。

僕が電話に出ると小野は言った。

「いまから一杯やらないか?」

互いにしがないライター稼業で、独身同士とくれば、年に一度くらいの誘いも、こんなふうに雑で刹那的《せつなてき》なものになる。

「いまカンタローさんて先輩編集者と店に入ったばかりだけど、来る? 大門の居酒屋」

「行く。二十五分後」

僕は電話を切り、カンちゃんに告げた。

「二十五分後に学生時代の同級生が来ます。小野と言って、やくざライターをやってる男です」

「へえ、やくざライターって初めてだな。どんな人?」

「どんなと言われると――」

僕は学生時代、いつも地味なネルシャツとチノパンを着ていた小野の姿を思い返した。仲間うちで苦にもされず、褒められもせず、それでいて飲み会や徹夜麻雀には最後まで付き合う男だった。カラオケへ行っても人の歌を黙って聴き、「お前も入れろよ」と言われた時だけスピッツなんかを歌う。

「見た目はひょろっとしてて、陽を浴びてないカイワレ大根みたいな奴です。大学を出てからシステム・エンジニアをしていたのですが、今を去ること十年前、三十歳で突如やくざライターに転身しました」

「それは思い切った選択だね」

「ええ、みんなびっくりしましたよ」

僕らは暗黙の了解のうちに、どうせ小野はそこそこの女と結婚して、そこそこのSE生活を続けていくんだろうな、と思っていた。今から思えば余計なお世話もいいところだけど。

二十二分ほどで小野が到着した。

「初めまして。小野と申します」

「どうも、カンタローです」

カンちゃんは満足な自己紹介も終わらないうちから、「ねえねえ、昔から疑問だったんだけど、やくざって素人の女性には手を出さないの？」と訊ねた。

「う〜ん、出すときは出しますよ」小野は席につきながら答えた。

「あとさ。やくざの生命保険の掛け金って、普通の人より高いんでしょ？　じゃなくちゃ、フェアじゃないもんね」

「そもそも保険に入れません。銀行口座も持てないし、家族名義の賃貸契約も断られる。完全に人権蹂躙《じゅうりん》ですよ、暴排条例は」

「大変なんだなぁ、あの世界も。小野くん、なんにする？」

「あ、ビールにします」

小野は自分でピンポンを押して店員に注文した。

「本当に大変です、やくざ社会も。高齢化に歯止めがかからないし、典型的なストレス社会だから健康志向。幹部クラスはサプリとかクスリにやたら詳しいですよ」

「やくざも健康ブームかぁ」

「まあ世間より早死にが多いので、今のところ介護問題は先送りですがね」

「やっぱりみんな、『ゴッドファーザー』が好きなの？」

「どうでしょう。やくざと映画の話をしたことはありませんね。じつは僕もきちんと観たことがないんです」

「えっ!?　だめじゃない、観なきゃ」

「すみません。こんど観ます」

乾杯を済ませると、小野は最新の業界ゴシップをいくつか披露《ひろう》した。ある大親分がヒットマンの心配がない無人島に別荘を建てたこと。最近は刺青《いれずみ》を入れる若い衆が減ったので、暇を持て余した彫物師《ほりし》が自分の飼い犬に猿の刺青を施したこと。歌舞伎町《かぶきちょう》に「よく当たる」と評判の占い師がいて、やくざが列をなしていること。「出頭するなら来月の獅子座《ししざ》が狙い目よ、刑期が軽くなるかも」「今週は流れ弾に注意して」

わははは、とカンちゃんが笑った。僕も笑った。小野がこんな話術の持ち主になるなんて、学生時代からは想像もつかなかった。

「じつは、お前に頼みごとがあるんだ」

小野がジャケットを脱ぎ、カバンから紙束を取り出した。まるで枕のあとに本題へ入る噺家《はなしか》みたいだ。僕は興味をひかれた。小野の頼みごとなんて初めてだ。

「これは俺が一年半かけてまとめた原稿で、三百八十九枚ある。『やくざの品格』というタイトルで本にする予定だったけど、ほら、例の分裂騒ぎあっただろ」

「ああ、あったな」

やくざの巨大組織が二つに割れたというニュースは、当初こそ世間の注目をあつめたが、派手な抗争が続くわけではなく、話題としてはぼちぼち下火になりかけていた。

「いまあの件は膠着《こうちゃく》状態が続いてる。お陰でこの原稿も身動きが取れなくなってしまった。というのもこの原稿には、割れた二つの組織の取材対象が混在してるんだ。取材を進めていた時はまさか二つに割れるなんて思ってもみなかったから」

「ふむ。で？」

「この本をお前の名前で出してくれないか」

「えっ」

「名義を貸して欲しいんだ」

直感的に嫌な感じがした。小野はすぐさま言葉を継いだ。

「そもそもあの世界には敵と味方しかいないんだ。わかるか？」

僕は首を横に振った。わからない。

「まあ、そういうものだと思って聞いてくれ。つまり最大にして唯一の問題は、業界にずっぽりハマってる俺の名前で本を出したら、双方から裏切り者扱いされてしまうってこと。やくざは二股膏薬《ごうやく》を何よりも嫌う。だけど取材対象をすべて仮名にして、お前の名前で出せば、俺が取材したやくざも自分が喋《しゃべ》ったこととは気づかない」

僕は憮然《ぶぜん》とした。特殊な世界の特殊な論理は、すぐには腑《ふ》に落ちてこなかった。小野が続けた。

「いまは使用者責任が問われるから、やくざも抗争はできない。下っ端がやったことで親分まで引っ張られてしまうからな。だから抗争も情報戦がメインになってきた。つまりジャーナリズムを味方につけたり、操作したりして、敵よりも心理的に優位に立とうとするんだ。ここまではオーケー？」

「オーケー」

「だから彼らは、やくざジャーナリストの動向に常に目を光らせている。専門部署をつくって『あいつがこの媒体でこんなことを書いていた』なんてことを全て記録してるんだ。おそらく俺は両方の組織から、監視リストの四番目くらいにランキングされているはずだ」

「出世したんだな」

「まあね」と小野は肩をすくめた。

僕はからかい半分に言ったが、半分は本音だった。日本で四番目に動向が注目されるやくざジャーナリスト。凄《すご》いことではないか。

「分裂以来、新聞や週刊誌から取材依頼が来るようになったけど、七割方は断ってる。あまりペラペラ喋ると目をつけられるから。そりゃ本音をいえば、やくざ雑誌以外から依頼があるのは嬉しい。でもやくざは本当に恐ろしいくらい俺たちのことを監視してる。ある先輩ジャーナリストはお歳暮の下に入っていた商品券を受け取った瞬間、その組織からお客さん扱いされなくなった。あごで使われる御用記者になってしまったんだ」

「あー、むかし政治とか経済の記者でその手の人間がわんさかいたよ」とカンちゃんが言った。「案外脇が甘いんだよね、ペンを持つ人間は」

あなただけはその台詞を言っちゃいけない、と言ってやりたかったが、話が紛れると嫌なので聞こえなかったことにする。小野は「そうなんですね」と律儀に相づちを打ってから話を続けた。

「やくざジャーナリズムの世界も狭くて、情報は信じられないくらいの速さで二次団体、三次団体まで伝わる。そして一度貼られたレッテルは一生ついて回るんだ。三歳のとき親戚につけられたあだ名みたいにな」

小野は仲間うちでいちばん理系的な頭脳を持つ男ではあったが、こんなふうにすらすら言葉が出てくるタイプではなかった。会話に比喩《ひゆ》を混ぜるようになったのもライターになってからだ。

「要するに、お前の名前でやくざ本を出すには、状況がナーバス過ぎるってことか」

「その通り」

依頼背景は理解できたが、胸のつかえは取れなかった。小野の要望は死活問題と思えなかったし、そもそも名義貸しという行為自体がどこか後ろめたい。とはいえ、学生時代の友人の頼みをこの場で断るのも気が咎める。さてどうしたものか、と腕を組んで思案していたら、カンちゃんがにこやかに告げた。

「吉井くんが原稿を読んで合格点だったら、名前を貸してあげれば？　同業者なんだし、そこは恨みっこなしだよ」

「あー、なるほど」

いい落としどころのように思えた。結局断るにしても、いったん原稿を預かれば、気まずくならない言い回しを考える時間もできる。

「そうします。じゃ、読ませて貰ってもいいか？」

「もちろん」と小野は頷いた。「ついでと言っちゃなんだが、もし合格したら、書籍に強い版元も紹介してくれないか。俺が普段つきあってる出版社は書籍流通が弱いんだ」

「オーケー。読んだらもろもろ連絡するよ」

この日の勘定《かんじょう》は小野が一人でもった。割り勘という概念のないやくざ世界に染まってから、小野はご馳走するか、されることを望むようになった。店の前で小野とカンちゃんが名刺交換して散会となった。

僕は翌朝から原稿を読み始めた。

やくざの生態やタブーは男子の琴線《きんせん》に触れるところが多いから、ある程度の面白さは予想していた。しかしそれをはるかに上回る仕上がりだった。小野の十年に及ぶやくざウォッチの全てがぶち込まれていて、推敲も完璧。面白いからすいすいと進み、昼過ぎには読み終えた。

——よくぞここまで……。

僕は二十八歳の時の光景を思い返した。五、六人で集まった同窓会がグダグダになりかけた頃、小野が飲みさしのウーロンハイを持って僕のところへ来た。

「出版やライターの世界について教えてくれないか。業務内容、勤務形態、給与体系。全般的に教えてくれ」

小野が何かに興味を持って質問してくるなんて初めてのことだった。僕はその頃、カンちゃんと同じ編集部にいた。会社は好きになれなかったが、小野の好奇心を冷ましてしまうのが勿体《もったい》なくて、あることないこと、面白おかしく話したのを憶えている。

そして二年後に同窓会で再会したとき、小野はやくざライターになっていたのだ。生き生きとした喋り。相手を窺うような目つき。計算的に崩された格好。まるで別人だった。

小野はしょっちゅう鳴るケータイをすべて一秒以内に取った。

「あ、悪い」

小野が何度目かにケータイで席を外したとき、僕らは白々とした雰囲気に包まれた。会話に裏社会の隠語を混ぜたがるのは痛かったし、似合わない服は見ているこちらを恥ずかしい気持ちにさせた。ケータイに振り回される姿は滑稽《こっけい》ですらある。「社会人デビューだな」と誰かが言い、せせら笑いが起きた。

だが、それだけでは片付けられない〝何か〟があることもまた事実だった。

その何かを言葉にすることができたのは、次の同窓会でのことだった。とっぽい格好もいくらか板についてきた小野が、満更でもない様子で「ケータイの登録番号の九割がやくざになっちゃったよ」と言ったのを聞いて、僕らは小野に対する感情の正体を理解した。こいつはまだ、自分に見切りをつけてない。**小野だけが本当の自分の人生を起動させようと踠《もが》いているのだ。**

僕らは散々な目に遭った世代だった。就職氷河期のど真ん中だから、まともな会社に入れた人間なんて一人もいなかった。仲間うちでもフリーターになった者が二名、仕方なく実家の酒屋を継いだ者が一名、パチプロになった者が一名。僕もかろうじて出版社の契約《ケーヤク》社員に滑り込んだが、卒業と同時に奨学金のローン返済が始まり、毎月結構な額を引き落とされた。自分で保険料やケータイ代を支払うと、手元に残るお金はフルタイムでアルバイト生活を送る友人よりもずっと少なかった。なんのために大学を出たのだろう、早くこんな生活から脱け出したい、とじっと手を見るような二十代が続いた。曲がりなりにも正社員になったのは小野だけだったが、本人が「SEなんて使い捨てだよ」と言うし、僕らもそう思っていた。卒業してからの小野はいつも疲れ果てていた。

二十代後半になると、「宝くじ当たらないかなぁ」が口癖になった者がいた。正社員の中途採用に五十件続けて落ちて、引きこもりになった者もいる。そんななか、小野だけが生まれ変わろうとしていた。僕らが贈るべきは、嘲笑《ちょうしょう》ではなく声援だったはずだ。しかし自分を愛せない者が、他人を愛せるはずもなかった。そのうち同窓会も開かれなくなった。

小野の原稿を読み終えた夜、近くの定食屋で夕食をとっていたら、T社の布井から連絡があった。布井は挨拶もそこそこに「なんかいい企画ない?」と言った。僕はあまりのタイミングのよさに噴き出してしまった。T社はノルマがきつく、一人で年間二十冊は出さないといけないから、布井は常に企画と丸投げ先を探している。

「あいかわらず凄い嗅覚《きゅうかく》ですね。じつは僕の友人にやくざライターがいるんですが――」

布井は黙って耳を傾けた。そして聞き終わるなり「それ貰った!」と叫んだ。T社は引退した大物やくざの回想録シリーズでベストセラーを連発したことがある。しかもすでに原稿が上がっているとなれば布井が見逃すはずもない。

「やくざの品格、いいタイトルじゃないの。そこまできちんと取材したものなら大コケもないと思うし。やくざ物って基礎票が多いんだよね。いまからバイク便出すから原稿読ませてよ。で、名義がなんだって?」

「僕の名義で出したいそうです」

「あっそ。ま、うちはなんでもいいから、そっちで話つけて」

「了解」

僕はバイク便を待った。この期に及んでも、名義を貸すことに動物的な胸騒ぎを感じている。なぜだろう。ライターとして後発の小野の原稿の面白さに嫉妬《しっと》してるから？　その要素がゼロだとは言わないが、もっと違う理由がある気がする。それが何なのかは分からなかったが、いずれにせよ古くからの友人が一歩前へ進むために僕の名前を必要としているのだ。気持ちよく貸してやれ。減るもんじゃなし。胸騒ぎを宥めるように、自分にそう言い聞かせる。

バイク便に原稿を託したあと、小野にメールをしたためた。

「原稿、面白かったよ。いまT社の編集者に読んでもらってる」

読み返し、自分の吝嗇《りんしょく》さに嫌気がさして、書き直す。

「原稿、めちゃくちゃ面白かった！　よくぞここまで仕上げたな。傑作だぞこれ。いまT社の編集者に託した。相当乗り気。ちょっと時間をくれ。名義は貸す、持ってけドロボー！」

すぐに小野から「サンクス。持つべきものは友だな」と返信があった。


さすがに布井の手際はよかった。原稿を読んだ翌月末には『やくざの品格』が書店に並んだ。なにより驚いたのは、発売された翌週に八重洲《やえす》ブックセンターや新宿紀伊國屋《しんじゅくきのくにや》のベストセラーランキングに食い込んだことだ。

ネットで自分の名前を検索するたびに、「やくざライター・吉井和人《かずと》」のヒット件数が増えていく。僕は電車の中で自分と同じバッグを持つ人を見かけた時のように、なんとなく検索結果から目を逸らした。疚《やま》しさと、後ろめたさと、気恥ずかしさと。それらをブレンドしたような気持ちだ。

発売からしばらく経って、布井から電話があった。

「遅ればせながら出版契約書を交わそうとしたら、小野さんが十％の印税を自分六、君三、カンタローさんて人を一って言ってるよ。面倒くせっ」

僕はわが耳を疑った。この時点で千円の本が六万五千部出ていたから、印税総額は六百五十万円。その三割といえば百九十五万円だ。恥ずかしながら例年の年収に近い。カンちゃんに至っては、一緒に酒を飲んだだけで六十五万円である。

「それは貰えないなぁ」と僕は反射的に口にした。布井は「貰っておけばいいじゃん」とさして興味もなさそうだ。

「いや、単に人助けのつもりだったんで。だいたい名義を貸しただけで印税の三割っておかしくないですか？」

「知るかっ。あとはそっちで処理してくれ。それよりも著者インタビューの依頼が結構きてんだけど、出る気ない？」

「ありませんね。失礼します」

僕は電話を切ってすぐに小野へメールを打った。「印税の件、布井さんから聞いた。貰う訳にはいかないよ」

十秒後に電話が鳴った。出た途端、「なんだよ。堅いこと言わず取っといてくれよ」と言われて少しカチンときた。どうせ形だけ辞退して受け取るつもりなんだろ、というニュアンスが含まれていた（ように感じられた）からだ。

「いやいや、まじで要《い》らねえって。また一杯おごってくれや。それでチャラにしよう」

「いいから受け取れって。いま忙しいんだ。俺のメンツも立てろよ」

この台詞は僕を恥ずかしい気持ちにさせた。

「お前、やくざかぶれもいい加減にしろよ！」

俺はカネが欲しい訳じゃない。**自分の本当の人生を起動させたいだけなんだ。お前だってそうだろ?**

すまん、と蚊の鳴くような声が聞こえてきた。「いま本当にちょっと取り込み中なんだ。また連絡させてくれ」

翌日、この件で連絡を寄こしたのは布井だった。

「あす十六時、印鑑を持ってわが社に集合願います」

有無を言わさぬ業務命令に、T社を訪ねた。小野とカンちゃんはすでに来ており、会議室でテーブルを囲んだ。

「お陰様をもちまして、『やくざの品格』の八刷りが決まりました。いいかげん、印税を振り込ませてください」

布井がこちらを見たが、僕は押し黙ったままだった。

すると小野が言った。

「じつは、やくざライターから足を洗いたいと思っている」

「なんだよ、いきなり」僕は泡を食った。

「いきなりじゃない。このところずっと考えていたんだ。いま、やくざ雑誌は完全にやくざの支配下にあって、提灯《ちょうちん》記事しか書けない。つくづくあの世界が嫌になったよ。だから今回のギャラの分配は、俺なりに仁義を切ってるつもりなんだ。受け取ってくれないか」

「言ってる意味が全くわからん」

「つまり、こういうことだ。俺はあの世界からの卒業論文のつもりであの原稿を書いた。でもやくざ社会に忖度して、お前の名義を借りた。日和《ひよ》ったんだよ。だからその分のギャラをお前が受け取ってくれないと、気持ちよく足を洗えないんだ。わかるだろ。俺にとっては意味のある反則金《ペナルティ》なんだよ」

「お前、足を洗ってどうすんの？」

「ＩＴ系のジャーナリストになるつもりだ。まずは挨拶代わりに一冊分の原稿を書いて、持ちこみ営業をかけようと思う」

小野が再転身を期すなら、確かにＩＴライターはいいだろう。元ＳＥだから素養はあるし、あちら方面は原稿の需要も多い。

「そういう訳だから、印税はありがたく頂戴《ちょうだい》しようよ」とカンちゃんが言った。「そのお礼に、僕たちがサポートに回るんだ」

「なんのです？」

「だから、小野くんがあの世界から足を洗って、立派なＩＴジャーナリストになるための」

「いいっすね、それ！」

布井が間髪《かんはつ》をいれず叫んだ。「よく書けていたらうちから出させて頂きますんで、とりあえず今回の契約書にサインしましょっか」。布井が出版契約書を取り出し、「さ、もう面倒は言いっこなしよ」と僕の前に置く。

「つぶやきの品格」と僕はつぶやいた。

「ん？　なんか言った？」布井が訊き返す。

「つぶやきの品格ってタイトルはどうかな。ずっと温めてきた企画なんです。ねたみ、そねみ、ひがみ、挙げ足取りに満ちたネット世界の書き込みには、みんなうんざりしてませんか？　それを品格の視点からばっさり切り取るんです」

「ふむ」布井が編集者の顔つきになった。「いいかもそれ。新書向きのタイトルだな」

「でしょ？　みんなネット社会のつぶやきを読んで、現代人の内面はこうも荒涼としているのか、と食傷してるはずなんです。そこを解毒してくれる本は、心の実用書として需要があると思うな」

「それ、そのまんま社内向けの企画書に書くから、あとで文書にしてよ」

「了解」

「でもそれ、そんな簡単にあげちゃっていいの？　吉井くんがずっと温めてきた企画なんでしょ」とカンちゃんが言った。

「いいんです。今回の印税を受け取るお礼として小野に贈呈したい。このタイトルで書く気があるなら、の話だけど」

三人の視線が小野に注がれた。

「つぶやきの品格か」と小野もつぶやいた。「うん。コンセプトが明確だし、面白く書けそうな気がする。布井さん、新書で出してくれるんですね？」

「不肖《ふしょう》布井、男に二言はありません。それじゃみなさん、契約書にサインを。引き続き『つぶやきの品格』の打ち合わせに入ろうじゃありませんか」

サインを済ませたあと、布井が僕らを居酒屋へ案内してくれた。渋ちんのT社らしく全品二百八十円均一の店ではあったが、僕らは大いに気焔《きえん》を吐いた。

「じつはやくざ掲示板も若い衆が内情を書き込んで、凄いことになってる。指一本じゃ済まない極秘情報も多いんだ」「編集サイドとしましては、炎上商法にも一喝入れて欲しいですね」

「俺は〝いいね〟狙いの綺麗ごとが人心を悪くしていると思うな」

アイデアが出尽くしたあたりでお開きとなった。布井が「先走ってすみませんが、原稿どれくらいで上がります？」と小野に訊ねた。

「初稿を三ヵ月でいかがですか」

「おっ、いいですね。男に二言なしで頼みますよ」

二人とは店の前で別れ、僕と小野はＪＲの駅へ向かった。一日で一仕事も二仕事も終えたような疲労感が、からだの中で酒と絡みあう。

「お前、三ヵ月とか言っちゃって大丈夫なのかよ」と僕は言った。

「なんとかなるだろ。ところで、本当に企画もらっちゃっていいの？　今更だけど」

「とっとけ。やくざ世界からの放免祝いだ。こっちも三割貰ったんだし」

「……先日はすまなかった。お前を怒らせるつもりはなかったんだ」

「こっちこそ悪かった。俺さ、この一年で母親に死なれるし、好きになった人にフラれるしで、苛立ってたんだと思う。すまんかった」

「お袋さん、亡くなったのか……」

「うん」

「お悔やみ申し上げる。学生時代、お前んちに行ったとき、お袋さんに焼きそば作って貰ったのを覚えてるよ」

「そんなことあったっけ」

「あった」

「ふーん。せっかくだからはっきりさせておくけど、俺あのとき電話で『やくざかぶれもいい加減にしろ』って言ったけど、あれ本心じゃないから。俺がそう思っていたのは、お前がライターになって四、五年くらいまで」

「そっか。そう見られてるんだろうな、とは思ってたよ。なんとなく」

小野が思ったよりショックを受けた様子だったので、

「いまはそう思ってないからな」

と僕は念を押した。「なんてったって、日本で四番目に偉いやくざジャーナリストなんだし」

「微妙だな、それ。でもそれも昨日までだよ。今日からはＩＴジャーナリストの卵としてゼロから出発だ」

「よく生まれ変わる男だな」

「だって俺たち、喪失世代《ロスジェネ》なんだろ。失くしちゃいけないものなんて、一つも持ってないよ」

月を見上げ、彼女のことを想った。生まれながらに〝普通〟を喪失《ロス》していた女性のことを。

ふと思う。**本当の自分の人生なんて、どこにもないんじゃないだろうか。**


小野はすぐさまリサーチに取り掛かった。参考資料をあつめ、一日中ネットをパトロールし、これはと思った文例を書き留める。僕も使えそうな書き込みを見つけると、クリップして小野に供した。見ようによっては、ネットのつぶやきなんてツッコミどころ満載《まんさい》だから、一日で十や二十見つけるのは簡単だった。むしろそれらの整理、仕分け、取捨選択で小野は困ったはずだ。それでも小野は二ヵ月半で原稿をアップした。

僕は送られてきた原稿を読んだ。小野が拾ったつぶやきの実例は、どれも唸るほどよく精選されていた。小野は引用のあとに、つぶやいたユーザーの品格に考察を加える。彼（あるいは彼女）の思考原理、コンプレックス、承認欲求……。これらを軽やかなユーモアに包んで炙り出すのだ。

後半は得意の「やくざ」フィールドをはじめとして、「地下アイドル」「ヘイトスピーチ」

「焼き物」「埼玉県上尾市《あげお》」「育児」「トランプ大統領」といった各界の掲示板のつぶやきを睥睨。エンタメ社会学といったところだ。

全体として、「ネットのつぶやきから現代人の本性を浮かび上がらせる」という企ては成功していた。『やくざの品格』のときも思ったが、小野は僕より文章がうまい。考察も丁寧《ていねい》だ。

カンちゃんから読後感想文が届いた。

「これ、そんなに売れるとは思わないけど、小野くんが名刺がわりに差し出す本としては上出来だよね。次に繋《つな》がると思います」

布井は凄まじい速さで校了までもっていった。新書はフォーマットが決まっているから作業も速い。『つぶやきの品格』は発売されるとカンちゃんの予想を裏切り、新書ベストセラーランキングに食い込んだ。いまは売れた本だけがさらに売り上げを伸ばす時代である。増刷が書評を呼び、書評が増刷を呼んだ。

それからしばらく経った頃、

「吉井和人さんでいらっしゃいますか?」

と非通知で馬鹿丁寧な言葉づかいの電話が入った。不動産の営業か何かだろうと思い、「はい、吉井ですが」と答えると、

「おう、こら! よくも俺のことをべらべら喋ってくれたな。いてまうぞ、お前!」

間違い電話かと思ったが、僕の名前を知っていた。それなら新手のオレオレ詐欺《さぎ》の一種だろ

うか。男はしばらく胴間声《どうまごえ》で喚《わめ》き立てた。どうやら『やくざの品格』に話を無断使用されたと怒っているらしかった。

落ち着け。これは恐喝《きょうかつ》だ。びびったら相手の思うツボだぞ。

そう言い聞かせたが、手の震えが止まらない。

すると嵐がぴたりとやみ、男は静かな声で告げた。

「いちど話し合おうやないか」

「あの、どこで僕の電話番号を?」

男は質問に答える代わりに、ふんと鼻を鳴らし、「今日、時間あけてもらおか」と言った。そして「新宿パークハイアットのラウンジに七時。イモ引くなや」と告げて一方的に電話を切った。

僕はすぐに小野へ連絡を入れ、新宿西口の喫茶店で待ち合わせた。小野はグレーのスーツでやって来た。

「災難だったな」

「災難だったな、じゃねえよ。俺の名義なら大丈夫って言ったじゃないか」

「すまん、予想外だった。じつは『つぶやきの品格』にも似たようなクレームがあった。第五章の『やくざ掲示板』の箇所に。たぶん同一組織の仕業だと思う。その一味は、やくざ関連の書籍を書いた著者に片っ端からカマをかけているんだ。とくに売れた本を重点的に」

「そんなこと、あるのか?」

「やくざほど勤勉な人種はいないよ。少しでもカネになる可能性があれば、とりあえず汗をかいてみる連中なんだ。だから稼業《シノギ》の数は数千ともいわれている」

「なんで書き手を強請《ゆす》る？」

「版元にカマしたら、顧問弁護士に連絡されて一発でアウトだろ。その点、彼らは経験則で知ってるんだ。個人事業主の中には取引に応じてしまう者がいることを」

僕らはタクシーでホテルへ向かい、ラウンジの入口に立った。小野の視線が、五十代とおぼしき猪首の男に釘づけとなった。背はあまり高くないが、胸板は冗談のように厚い。目つきには年代物の汚れがこびりつき、タワシでごしごし擦っても落ちそうになかった。

僕らは店に入り、珈琲を注文した。

「はじめまして、小野と申します。じつは『やくざの品格』を書いたのは私です。この男は名義を貸してくれたに過ぎません」

男は受け取った名刺をテーブルに置き、そこにじっと視線を注いだ。

「どっかで見た名前やな」

「この前まで『漢《おとこ》の実話』でやくざライターをしておりました」

「なんや、あっこか」

男の血色の悪い顔にくすんだ笑みが浮かんだ。「そんなら話は早い。わしは家長会《かちょうかい》の武地《たけち》というもんや」

「あ、大城組《おおしろぐみ》系の方でしたか。私も大城会長には取材でお世話になったことがあります」

武地が顔をしかめた。小野がトップと顔見知りであったことに躓きを感じたのか、それとも見え透いたカマシを入れやがって、と片腹痛く思ったのか。後者のような気もするし、両方が入り混じったニュアンスのような気もする。

「ところで先ほども申しあげたとおり、あの本は私が書いたものですが、たしか武地さんに取材した記憶はないような……」

「なんでそんな面倒なまねをした?」

質問する権利は自分にあると言わんばかりに、武地が小野を睨《にら》んだ。疑念と恫喝が綯《な》い交《ま》ぜになったようなまなざしで、へたな俳優よりもよほど陰影に富んでいる。

「と、おっしゃいますと?」小野が首を傾げた。

「なんで自分の名前で出さなかったんや、と訊いておるんや」

「じつは、私はなぜか神戸《こうべ》派べったりのジャーナリストと見られているんです。全く根拠がないのですが」

武地にはそれだけで伝わったようだ。ひとつ頷くと、

「じつはわしの仲間の話が、あの本にそのまま使われておるんよ」と言った。

あ、こいつ、と思った。僕に電話で喚き立てたときは「よくも俺のことをべらべら喋ってくれたな」と言っていたはずだ。

「それは気づかなかったこととはいえ、申し訳ありませんでした」小野はあっさり頭を下げた。

「ほんま頼むで、小野さん。あんたかてこっちの世界を知らん訳やなかろうし」

「おっしゃる通りです。私が軽率でした。じつは『つぶやきの品格』を書いたのも私なんです」

「なんやそれ」

「おそらく武地さんのところから、こちらの書籍についてもご一報を頂いたと思いますが……」

「そうか。ま、わしかて、こうして出張ってきたことやし」

「はい」

「な、わかるやろ」

「重々承知しております」

小野の足が小刻みに震えていた。ひょっとしてこいつは、成算もないままに謝り倒しているのか？　日本で四番目に大物のやくざジャーナリストだったはずでは？　小野に対する信頼が音を立てて崩れていった。武地も小野の足元に気づき、満足そうにサディスティックな笑みを浮かべた。

「じつはこんど、組名乗りを上げることになったんよ」

「それはおめでとうございます。ぜひお祝いさせてください」

「なあに。ま、今後ともよろしく。また連絡するわ」

武地は急に立ち上がると、珈琲代を支払いもせずに立ち去った。

小野がふーっと大きな息をついた。

「どうなったんだよ？」

「終わったよ」

「どういうことだ」

「あとで説明する」


僕らは新宿のしょんべん横丁に出て、煙がたちこめる狭いカウンターでジョッキを重ねた。ごちっ、と冴えない音がする。

「さあ、聞こうじゃないか。さっきのあれ、どういう意味だ」

小野はくじらベーコンのお通しをつまみ、箸を置いた。

「武地はいまごろ、『漢の実話』の編集長に電話してるだろう。『小野ってライターはどんな奴だ？』。編集長は答える。『うちで記事を書いてた男ですが、いまは違う分野の書き手になりました』。次に武地は手下に連絡する。『つぶやきの品格とかいう本にも粉かけとったっけ？』『はい』『あれは手仕舞いや』。そして俺は一週間後、武地にご祝儀を持っていく。五万……いや十万包む」

「それ、なんのご祝儀？」

「組名乗りをあげると言ってただろ。嘘だけど。あの歳になるまで組を構えなかった人間が、いまさら名乗りをあげるはずもない」

「ということは、その十万は？」

「本日のお運び代だ。武地のメンツを立てる。祝儀ってことにしておけば、恐喝や強請りにならない。これで一件落着だ」

「神戸派がどうのこうのって言ってたのは？」

「あれは俺のブラフだ。武地の属する家長会は大城組の二次団体。そして大城組はいま神戸派と微妙な関係にある。だから武地は、まちがっても神戸派の御用ジャーナリストと密会してたなんて噂を立てられたくない。やくざ本ならいくらも出てる。俺と絡むのは利が薄いと踏んだのさ」

「でも結局、十万毟《むし》り取られたんだな」

「仕方ないよ。検定料だと思って諦める。今日の掛け合いがあの世界からの卒業試験だ」

「卒業試験……。だからお前、緊張で足が震えてたの？」

「バレてたか」

小野が気弱そうに笑った。僕のよく知る学生時代の小野の表情だ。

「じつは俺、やくざライターになりたての頃、手が震えてメモが取れなくてさ。それを隠すためにノートはやめて、ボイスレコーダーを回すようにしたんだ。ところがあるとき、取材音声のデータを消してしまって、記憶を頼りに原稿を書いたら、幹部の名前を間違えた。タブー中のタブーだ。追い込みをかけられたよ。怖かった。じつはいまでも怖い。トラウマになったんだ。だから今回の分裂で彼らがナーバスになると、どう立ち回っていいか分からなくなった。

俺はまた尻尾《しっぽ》を巻いて逃げ出したんだよ。SEを辞めた時のようにな」

小野が告白を終えると、通夜のようにしんみりとしてしまった。

僕らはカエルの唐揚げ、青大将の生姜《しょうが》焼き、すっぽんの金玉といった店の名物を片っ端から注文し、親の敵のように食らいついた。口の周りをベトベトにし、骨までしゃぶり尽くす。

食べ終えて店を出ると、別れがたい気持ちに襲われた。それは小野も同じようだった。

「なあ、うちでゴッドファーザーでも観ないか？」

と誘うと、小野は一も二もなく頷いた。僕らは電車でわが家へ向かった。

家に着くと、小野は母の仏壇に向かい手を合わせた。そのあいだに僕は冷蔵庫にあった甘酒を鍋で温めた。小野は居間へ入ってきて「あ、ここ、ここ。俺はこの場所でお袋さんに焼きそばをご馳走になったんだ」と言った。

「へえ、本当だったんだ」

「本当だってば」

「さあ、観よう」

二人で座布団を枕に寝ころがり、再生ボタンを押した。

「アメリカはいい国です」

冒頭でこの字幕が浮かぶと背中がゾクリとする。ひきつづき結婚式のシーンに入ると、小野がだんだんと映画に惹き込まれていくのがわかった。膜が張った甘酒を時おり啜りながら、ゴッドファーザーを観た。エンドロールが終わったのは夜中の二時過ぎだった。

「凄いな、これ」

小野がつぶやいた。「なんで今まで観なかったんだろう」

「パートⅡも観るか？」

「うん、観よう」

ぐらぐらにお湯を沸かし、珈琲を淹《い》れてからパートⅡを再生した。冒頭のどんぱちシーンでは目の覚める思いがしたが、舞台がキューバに移ったあたりでさすがに目が疲れてきた。

「ちょっと止めるぞ」

僕は停止ボタンを押し、ぽきぽきと首を鳴らした。外に目をやると、まだ夜が明ける気配はなく、マフィアの心みたいに物憂げな暗闇が窓にべったり張りついている。

「お前さっき、ＳＥの世界からも逃げ出したって言ってたよな。あれ、どういうこと？」

「ああ、あれか……」

小野は〝完オチ〟寸前の容疑者のように、諦めのため息をついた。

「俺がＳＥをしながら、心の底から欲していたものがわかるか？」

僕は首を横に振った。おそらく目に視えない種類のものだろうとは思ったが、よくわからなかった。

「うまいお世辞。罪のないウソ。気の利いた一言。折れない心。いい距離感を保って軽口が叩ける仲間。尊敬しあえる恋人。ほっと一息つける場所。楽しくて速やかに過ぎていく時間。そうしたものが欲しかった。でも俺には何ひとつなかった。毎日ディスプレイと向き合い、気がおかしくなりそうだった。そしてある日突然、会社に行けなくなった」

「それで、SEを辞めたのか？」

小野が頷いた。

「半年間、精神科に通ったよ。それでも良くならなかった。自分を変えるためには真逆の世界に飛び込むしかないと思って、やくざライターになった。変わりたかったんだ、どうしても。このまま年老いていくのかと思うと、寂しくて仕方なかった。わかるか？　悲しいんじゃない。腹立たしいのでもない。寂しかったんだ」

わかるよ、と僕は頷いた。わかるに決まってるじゃないか。

「俺たち、そんなに喪失《ロス》ってるのかな」と小野が言った。

「どうだろう。確かにドンみたいに『わしの人生に悔いはない』とは到底言えないな」

「俺も。この人生をもう一度やれと言われたら、断固拒否する。アル・パチーノみたいな人生ならいいけど」

「俺はロバート・デ・ニーロじゃなきゃ嫌だ」

僕らは薄ら笑いを交わし合った。思うようなポジションを取れなかった二十代から、いつまでも自嘲を住処《すみか》にはしていられないぞ、と自分を戒《いまし》めてきた。でもそれは取っても取ってもこびりついて無くならないセーターの毛玉のように、僕らの精神を侵蝕していた。

「さて、どうすっかな。最後まで観ちゃうか？」

「うん、観ちゃおう」

再生ボタンを押すと画面がスリープモードから立ち直り、またマフィアたちの濃い人生を映し始めた。マイケルとケイが離婚したあたりで、小野が言った。

「という訳だから、お前とカンタローさんには感謝してるんだ。今回の『つぶやきの品格』の印税も、幾らか受け取ってくれよな」

「ああ、ありがたく頂戴する」

僕は画面を観ながら答えた。もうカネやメンツはどうでもよかった。俺も寂しい。お前も寂しい。それだけで充分だ。

小野がつぶやいた。

「やっぱり上手いな、ロバート・デ・ニーロって」

「うん、うまい」

空が白み始めた。彼女が教えてくれた東雲色だ。

小野はエンドロールまで観て、始発で帰って行った。


数日後、『つぶやきの品格』の打ち上げが行われた。二次会のカラオケでカンちゃんがリストを取り出すと、「なんですか、それ」と小野が訊ねた。

「カラオケのレパートリー。死ぬまでに一万曲を制覇するんだ」

「壮大な試みですね」

と小野が目を丸くすると、布井が囃《はや》し立てた。

「さあさあ、ベストセラー連発の創作集団さん。歌ってスッキリしたら、次なる出版計画を練りましょう。どうせなら品格三部作だ。お次はカンタローさん名義で『カラオケの品格』なんてどうです?」

「いいですねそれ」と僕が乗った。「〝各界の選曲の品格〟で一章つくりましょうよ」

「それならやくざパートは僕にお任せください。やくざの選曲って、特徴があって面白いんですよ」と小野も乗る。

カンちゃんはしばらく考えてから、やめとこうと言った。

「売れてまたやくざに因縁つけられたら困るもん」

第4話

　小野から婚活パーティに誘われて「どういう風の吹き回しだよ」と訊ねた。

「いや、知り合いにワタナベくんて若い人がいてさ。ＩＴベンチャーの役員なんだけど、彼が婚活マニアなんだ。お前、フラれたばっかりって言ってたろ。だから三人で行こうよ」

「お前、結婚したかったの？」

「いい人がいれば」

「婚活パーティか……」

　僕は僕をフッたアスパー・ガールに根拠のない後ろめたさを覚えた。それでも「わかった、参戦させて貰うよ」と答えたのは、残り少なくなった人生イベントの誘いを見送るのが残念だったのと、やはり何かを期待する気持ちがあったから。

「そうこなくっちゃ」と小野は言った。「あとでＵＲＬを送るから、三回チケットを買っといて。事前にプロフィールを入力する欄もあるから」

　僕は送られてきた婚活サイトを開き、三回綴りのチケットをカード決済した。これでこの会社が主催するパーティに三つ参加できる。開催場所や頻度《ひんど》を確かめると、都内だけでもかなりの回数が開催されていた。毎週末はもちろん、平日の夜もある。

ただし、参加条件のある回も多かった。

「銀座　19時　男性は年収800万以上　45歳まで」

「新宿　18時　男性は年収600万以上　37歳まで　正社員限定（一部の自営業者は可）」

「練馬　14時　男性は身長175センチ以上　27歳まで」

どれも僕に参加資格はないから、年齢制限しか縛りのない回に参加するほかあるまい。

続いてプロフィール作成画面に移った。

年齢、職業、勤務先、年収、最終学歴、身長、趣味、結婚歴、婚活歴、出身地、現在居住地、お酒とタバコの嗜好（1日or週にどれくらい？）、好きなブランド、よくある休日の過ごし方、介護予定の親族の有無、貯金額、主な資産、子どもは欲しい？　共働きを望む？　持ち家派か賃貸派か、結婚相手に求めること（3つまで入力可）。

最後に「一言アピール」が出てきた。僕はここに来るまでにへとへとに疲れていたので、早く終わらせたい一心でキーボードを叩いた。

「婚活シロウトですが、いい出会いがあったらいいなと思っています。どうぞよろしくお願いします」

全てを記入し終えると、鼻頭に嫌な汗を滲《にじ》ませながら、小野にLINEを入れた。

「プロフィール入力。就活を思い出してまじ凹《へこ》んだわ」「俺もw」「今回お前から貰った印税も年収に組み込んじまった。今年だけのボーナスなのに」「で、幾らにしたの？」「430」「ダメだよ。600にしときな。それ以下だと相手にされないって」「まじ？」「まじ」「わかった」

僕は婚活サイトに再びログインして、年収を「600」に修正した。かなり水増ししてあった額に、さらに下駄《げた》を履かせたのだ。

四十男は年収六百万ないとスタートラインにすら立たせてもらえないという現実を、悔しがるべきなのだろう。だが、どう転んでも年収六百万にアクセスできない感覚が身に染みついてしまった今となっては、あまり悔しがれなかった。

当日、われわれは有楽町《ゆうらくちょう》のビルの下で待ち合わせた。僕は久しぶりにシャツにアイロンを掛け、靴を磨き、ジャケットを着た。

二人は約束の五分前に現れた。

「お待たせ。こちらがワタナベくんです」と小野が言った。

「初めまして、ワタナベですぅ」

色白で小太りのワタナベくんを見て、ほっとした。ＩＴベンチャーの若い役員と聞いたときから、ビシッと決めた日焼け男みたいなのが来たらどうしようと思っていた。

「ワタナベさんはお幾つですか」

「三十三になりましたァ」

何が楽しいのか、ワタナベくんはぐふふふと愉快そうに答えた。少し黄ばんだ白いＴシャツをパンツの中に入れており、それを締めあげるベルトの上にはたっぷり肉が乗っている。

小野が言った。

「ワタナベくんはマジカル・フューチャー・アルゴリズムって会社の創業メンバーなんだ。いま上場準備を進めてるんだけど、その前にシリコンバレーに買われるかもしれない。それくらい世界から注目されてる会社なんだ」

「すごい。今をときめくって感じですね」

「いえいえ、そんなことないですぅ」

ワタナベくんは手のひらを下に向け、大きなお腹の前でぱたぱた振った。不思議なジェスチャーだ。

会場へ向かうエレベーターの中で、「こういうパーティにはよく参加するんですか」と訊ねた。

「十五回目ですぅ」

「ワタナベくんは今回、十一回綴りのチケットを買ったんだって。それだけ参戦予定って、ある意味負け犬根性だよね?」と小野が言った。

「やめてくださいよぉ」

ワタナベくんは階数ランプを見つめながらぐふふふと笑う。「十一回チケットだと、一回分おまけがついてくるんですからぁ」

受付で名前を告げると、事前入力したプロフィールシートが用意されていて、それを手渡された。

「あと、こちらの名札を胸のあたりにつけてください」

会場は貸会議室のようなところで、すでに到着している女性たちがパイプ椅子に腰掛けていた。前にはデスクが置かれ、ほとんど集団面接である。男性陣は少し離れた壁際から、ちらちらと女性陣をうかがう。この日は十対十だ。

「これからどうなるの？」と僕はワタナベくんに訊ねた。

「男性が女性の前に一人三分ずつ座って、プロフィールシートを交換して会話しますぅ。そのあと『気になる人』を記入する時間があって、それがフィードバックされたあと、フリートークタイムが始まりますぅ。最後にマッチングタイムですぅ」

主催者から似たような説明があり、すぐに総当たりの三分限定フィーリングタイムが始まった。僕はまず「斎藤《さいとう》」という名札をつけた女性の前に着席した。

「よろしくお願いします。これを交換するんですよね」と僕は自分のプロフィールを差し出した。

「はい、そうですね」

斎藤さんも自分のプロフィールを僕に差し出した。二十九歳。動物のトリマー。年収百九十万。趣味は音楽鑑賞で、結婚相手に求めるのは誠実さ。

「吉井さんてフリーライターなんですね。すご〜い」

こういうとき女性が口にする「すご〜い」が、「どんな仕事内容なのかよくわからない」「不安定そう」というニュアンスであるのを知ったのは最近のことだ。

「斎藤さんは動物がお好きなんですか」

「はい、大好きです」とくりくりの瞳を輝かせる。

「犬派ですか？　それとも猫派？」

「プライベートでは猫派なんですが、お店のお客様はダントツでわんちゃんが多いです」

ショートカットの丸顔はどちらかと言うと犬顔で、男女を問わず好感を持たれそうな人だ。

僕は彼女のプロフィールに目を走らせ、

「音楽はどんなものを聴くんですか？」

と訊ねた。我ながらつまらない質問をしたものだ。斎藤さんも少し困り顔で「Ｊポップとか……」と答えた。やがて主催者から「お時間です。男性は一つ右の席へ移動してください」と声が掛かった。

次は三十四歳の歯科助手で、しゅっとしたキツネ顔だった。彼女は「喫煙者？　論外です」とか、「添加物の入ったものを食べるのは自傷行為だと思います」などと、言葉選びのセンスがいちいちキツかった。僕の質問に答えるばかりで、僕に対する質問はゼロだった。

三番目は三十二歳の外国語学校勤務で、文句なしに今日いちばんの美女だ。

「外国語の先生をなさっているのですか？」と僕は訊ねた。

「はい」

微笑んだ歯は貝殻のように白く、つやつやのロングヘアは先端まで手入れが行き届いている。上品で、清楚で、和やかで、正直、なぜ婚活パーティに参加しているのかわからない。

「何語ですか」

「英語です」

「帰国子女か何かで？」

「はい。父の仕事の関係でイギリスにいた期間が長くて」

住む世界が違いすぎて戸惑っていると、彼女は僕の目の奥を覗き込んで言った。

「吉井さんの夢はなんですか？」

「僕の、夢ですか……」

僕はぽかんと口をあけてしまった。そんなもの、ない。少なくとも残り二分では思いつきそうもない。まさか**自分の本当の人生を起動させることです**とは口にできまい。彼女は黙って僕の目を見つめ続けた。こういう時は美女であればあるほど冷たく感じる。僕は「いやぁ、考えたこともなかったです」と答えた。心の中ではい、終了と唱えながら。

彼女は落胆と憐《あわ》れみを隠そうとしなかった。何度言っても同じ間違いをする生徒を見つめる教師のような目だ。早く三分終われ、と僕は願った。

四番目は三十九歳のシステム・エンジニアの女性で、年収六百八十万。今日いちばんの稼ぎ頭だ。主な資産に「マンション（1LDK）」とある。働き詰めなのか、肌は何ヵ月も雨に恵まれない大地のようにひび割れ、髪もパサパサだ。直前の女性があんなだっただけに、余計目につく。ぼそぼそ話す控えめな女性で、疲れた感じだけが印象に残った。

五番目と六番目もよく覚えていない。

七番目の女性が強烈だったからだ。

草野《くさの》かおる、三十七歳、不動産会社の事務職。髪が長く、目は細い。高そうなスーツを着ていたが、名前のようにどこか古風な感じがした。

彼女は冷ややかな目つきで僕のプロフィールを一瞥《いちべつ》すると、

「ねえ、ほんとに結婚したくて来てる？」と言った。

僕は「はい」と答えた。自分が酢を飲み込んだような顔になっていないことを願いながら。

「そっ。それならいいんだけど。ごめんなさいね。冷やかしなら話すの時間のムダだな、と思ってるんで」

「なぜ僕のことをそう思ったんですか？」

「この一言アピール。〝婚活シロウトですが、いい出会いがあったらいいなと思っています。どうぞよろしくお願いします〟。これって二十代の女の子が書くような内容じゃない？」

「すいません」

「本気ならいいんです。ただその歳で婚活するなら、収入とか仕事の安定性について、何か一つくらいアピールしないと。それをしないのは謙遜《けんそん》じゃなくて傲慢《ごうまん》だと思います」

「傲慢……」

分かるような、分からないような言葉だ。「なぜ傲慢なんですか？」

「時々いるんだよね。相手の女性は三十歳以下で、家事がうまくて、特別美人じゃなくてもいいけど、そこそこ可愛くて、愛嬌《あいきょう》があって、気立てもいい子がいいです、って男の人。自分のプロフィールと鏡見てから言ってね、みたいな。こういうの傲慢だと思いません？」

「思います。いやぁ、勉強になるな」

「ほら、それ」彼女は細い目をさらに細くして僕を睨んだ。「そういうリアクションが本気じゃなさそうなんだよね」

僕はすみませんと謝った。

「ま、別にいいんですけど。何か訊きたいことあります？」

「草野さんは婚活パーティに参加なさるの、何回目ですか」

「それ訊きます？」

「すみません、取り消します」

「十二回目までは数えてました。ほかには？」

ここで時間がきて席替えとなった。僕は席を立って一礼したが、彼女はすでに次の男を冷たい目つきで見上げていた。

総当たりが一巡したところで、全員にチェックシートが配られた。「気になる人」を何人でもチェックしていいと言う。

「ここは多めにチェックしておいた方がいいですよぉ。結果はあちらにも伝わるのでぇ」とワタナベくんが教えてくれた。見るとワタナベくんはぐふふふとほぼ全員にチェックを入れている。僕は女性陣を眺めわたし、一番目のトリマーの斎藤さんにだけチェックを入れた。

もし二人きりで食事に行くなら彼女がいい。

十分後、集計結果が各自に配られた。

僕のシートには一つだけ「✓」が付いていた。意外なことに、二番目のいちいちキツい言葉を選ぶ歯科助手の女性だ。僕を気に入った素振りはなかったので、不思議な気がしたが、もちろん選ばれて悪い気はしない。

「どうだった？」

僕は小野のシートを覗き込んだ。三つのチェックが付いている。僕と同じく歯科助手の女性、システム・エンジニア、草野かおるの三人だ。

「ワタナベさんは？」

ぐふふふと見せてくれたシートには九つのチェックが付いていた。チェックを入れていないのは草野かおるだけだ。

「それでは只今からフリートークを開始します。お時間は二十分です」

主催者のアナウンスと同時に、男たちがスタートダッシュを決めた。お目当ての女性の椅子は早い者勝ちのようだ。僕と小野だけが出遅れた。

「おい、あれどういうことだよ」

僕はワタナベくんの背中をあごでしゃくり、小野に説明をもとめた。

「彼、年収二千五百万あるんだ。だからこれくらいモテるのは普通のことらしいよ」

ワタナベくんは一目散に外国語教師の美女のもとへ駆けつけ、あの多幸感に満ちたぐふふふという笑みを浮かべながら、熱心に何か喋っていた。「将来の夢」でも語っているのかもしれない。シリコンバレーが注目するＩＴ企業の若き役員なら、語り尽くせぬ本物の夢を持っていることだろう。彼女も目を輝かせて相槌を打っている。僕は胸中で毒づいた。綺麗な顔して、しょせん、カネかよ。

「さて、どこに行くかな」

小野のつぶやきでわれに返った。唯一チェックをつけてくれた歯科助手の前には、二人が順番待ちしている。それなら玉砕覚悟で、とトリマーの斎藤さんを見るとやはり一人が待っていた。

ということは「空室」の女性も多いわけだが、チェックをつけず、つけられもしなかった相手のところへ行くのは、いかにも余りもの同士といった感じで躊躇われる。

小野は「空き」になっていた草野かおるの席に向かった。

僕は仕方なく歯科助手の列に並んだ。

ふと、前に並ぶ二人のチェックシートが目に入った。僕と同じように、彼女からしかチェックが入っていない。それで全てが氷解した。彼女は全員にチェックを入れたのだ。それを餌《えさ》にモテない男たちを並ばせ、悦に入っているのだろう。僕は馬鹿らしくなって、隣のトリマーの斎藤さんの列に並び直した。

それでも男はまだいい。こうして好きにアタックする権利を与えられているのだから。システム・エンジニアの女性は、客が来ないことに慣れてしまった食堂のおかみさんみたいに、ぽつねんと床を見つめていた。今日いちばんの稼ぎ頭である彼女がもし男だったら、ワタナベくんみたいに九つのチェックを貰えただろう。

順番は近づいてこなかった。一人目の男が斎藤さんを独占し続けたのだ。斎藤さんは定期的に僕らを気遣う視線を送ってくれたが、男はそれに気づかぬフリをして、居座り続けた。フリートタイムが残り五分を切ったところで、「あの、ほかの方とも話してみたいので……」と斎藤さんが切り出した。

「あっ、これは気づきませんで」

男は大袈裟《おおげさ》な仕草で席を立った。斎藤さんがこの演技を見抜く眼力の持ち主であることを願うばかりだ。

順番が回ってこないまま、フリートーク時間は終了した。

最後のマッチングに入る。紙が配られ、今度は一位から三位まで順位をつけろと言う。僕は一位に斎藤さんの名前だけを記して提出した。すでに敗戦気分だ。

「それでは発表いたします。本日は三組のカップルが成立しました」

小野とワタナベくんの名前が呼ばれた。小野は草野かおるとマッチング成立。ワタナベくんは美女と成立。もう一組は斎藤さんと、待ち続けていた二番目の男だった。斎藤さんがずっと居座った男を択ばなかったことだけが救いだ。

「成立した方はお残りください。ほかの方はここで解散となります」

僕は二人に軽く手を挙げ、会場を出た。帰り際にもらったパンフレットを電車の中で開くと、男性向けの婚活マニュアルみたいなものが記されていた。

「身だしなみには気を付けましょう。女性はお洒落《しゃれ》さよりも清潔感を重視します」

「デートは男性から誘いましょう。ただしプランを勝手に決めるのはNG。主導権は握りますが、いくつか選択肢を示してあげることが大切です」

「年収が全てではありません。年収よりも、金銭感覚が合うことが大事という女性も中にはいます」

思わず苦笑が漏れた。中にはいます、かよ。

歯科助手の女性に一網打尽の雑魚扱いを受け、まんまと引っ掛かったのは悔しかった。美女に「将来の夢」を訊かれ、答えられなかった時の視線はキツかった。草野かおるに三分間で何度も「すみません」を言わされたのは情けなかった。

悪い気分の澱《おり》に溺《おぼ》れてしまいそうになったので、「もしあの会場にアスパー・ガールがいたら？」という空想に心を逃がした。

もし彼女がいたら、違う人間が三分おきに来る状況に戸惑うだろう。そこから「気になる人」を選べと言われて、さらに混乱するに違いない。ある意味で彼女の方が「普通」なのだ。人間はそんな簡単に自分の感情に順位をつけられるものではない。

そもそも彼女は男のプロフィールシートに関心を示さない。年収二千万の男が、二百万の男よりも自分を幸せにしてくれるという発想もない。そう考えたところで、さらに気分が凹んだ。僕は、彼女が僕の「条件」に興味を示さないところに期待していた部分もあるのではないか。

昼飯をとりに、近所の「まるご」へ行った。丸《まる》さんという七十代後半の夫婦がやっている定食屋で、幼い頃から母とよく行った。揚げ物かナポリタンを頼むのが僕らの定番だった（というか、それしかなかった）。

僕が入って行くと、遅い時間だったので客は一人もおらず、客席に座ってテレビを観ていたおばさんが、

「あら、お久しぶり」

と立ち上がって麦茶を淹れてくれた。

おじさんと目が合うと、厨房《ちゅうぼう》からうむと頷く。この「うむ」が何を意味しているのか今ひとつわからないが、これも数十年と続くパターンだ。

「フライ定食Bでお願いします」

「はいよ」

僕はカウンターに座り、いつものようにおじさんの指を見つめた。

子どもの頃、こんなことがあったのだ。

「坊や、いいものを見せてあげようか」

言うや否や、おじさんは揚げ物の油の中にズボッと指を突っ込んだ。僕はあっと声を上げたが、おじさんは平気な顔で指を引っこ抜いて見せた。

「おじさんは火傷《やけど》しないんだ」

まるで手品を見るようだったが、種明かしはなかった。母に訊ねても「なんでだろうね」と笑うばかり。あれ以来、僕は店を訪れるたびにおじさんの指を不思議な心地で見つめる。いまだに疑問だが、なぜかおじさんに訊ねないまま、数十年が過ぎてしまった。

　視線を上げると、壁に貼ってある紙が目に入った。

「定食一筋50年」

　何かの裏紙にマジックで手書きしたものだ。おじさんは「息子が勝手に貼りやがるんだ。いまどき長くやってることはウリになるからって。俺はみっともないからやめろって言うんだけどね」と言うが、満更でもないことは様子を見ればわかる。美大を出て、アーティスト兼美術教師になった一人息子は夫婦の自慢である。僕が就活で苦労していた頃は「定食一筋30年」だったが、それがいつしか「50年」に変わった。

「ねえ、おばさんたちは結婚してすぐに店を持ったんだっけ？」

　また小さなテレビでワイドショーを観ていたおばさんに訊ねると、急にシャンとなった。

「そうよ。新婚旅行で熱海《あたみ》へ行って、帰ってきた翌日には店を開けてたんだから」

「すごい」

「あれから五十年、旅行にはいっぺん行ったきり。スイスにね」

「スイス！　なんで？」

「お店が二十周年になった時、あの人が『どっか行くか。好きなとこ選べ』って言ってくれたの。綺麗だったわ。もう一度行ってみたいなぁ」

後期高齢者になり、少し濁ってきたおばさんの目に、昔日のスイスの風景が映じる。僕は頬杖をつき、僕がお金持ちだったら行かせてあげるんだけど、と思う。

「ほら、フライできたよ！」

おじさんが厨房から大きな声で言い、おばさんはヨッコラセと立ち上がる。母から「あそこの夫婦はお見合い結婚だった」と聞いたことがある。この夫婦に「結婚して幸せでしたか？」と訊ねたら、どんな答えが返ってくるだろう。

小野から連絡があって、僕らはゲートシティ大崎《おおさき》の喫茶店で待ち合わせた。

「いま、ワタナベくんの会社で取材してきたんだ。彼にも会ったよ」

「ああ、美女をお持ち帰りした年収二千五百万のワタナベくんね」

「ひがむなって。彼は一年前まで女性経験がなくて、婚活パーティで初めて付き合う相手ができたんだって。今は行けばあんな風にモテるから楽しいらしいよ」

「もっと高額所得者しばりの回に行けばいいのに」

「そういう回はライバルも強力だから、途端にモテなくなるんだって。だからああいう〝平場《ひらば》〟に来る」

つまり僕などは格好の引き立て役というわけだ。ワタナベくんを恨むわけじゃないが、なんとなく天に向かって唾を吐きたい気持ちになる。

「彼のマッチング率は凄いけど、なかなか先に進めないんだって。『先日の外国語教師にも二回目の誘いを断られましたぁ。どうすればいいでしょう』って言うから、『とりあえずダイエットでもすれば？』って言ったら、『わかりました。RIZAPに通いますぅ』だって」

「金持ちの発想だな。ワタナベくんの腹筋が割れたら、本格的にモテ出しちゃうかも。で、お前はどうだったの？　草野かおるだっけ」

「じつはそのことで相談があったんだ。彼女とは二回食事に行った。たまたま彼女の勤務先がうちの近くだったんで。で、この先どうすればいいかな。もちろん現時点で結婚なんて全然現実味ないし、付き合うかどうかもわからない」

「お前は気に入ってるの？」

「それもよくわからないんだ。でもひょっとしたら次あたり……」

小野がもごもご言葉を濁す。僕の勘と記憶が確かなら、小野は生涯で一人の女性としか付き合ったことがない。やくざライターになってから薬剤師の女性と付き合い出し、いつの間にか別れていた。

「どうすればいいと思う？」重ねて小野が言った。

「どうすればって言われても――」

僕だって女性とは一度しか付き合ったことがない。契約社員をしていたとき、同僚の紹介で知り合った。七ヵ月くらい付き合って自然消滅したときは、なぜフラれたのか分からなかった。理由を訊ねても返事はなかった。

でも、それはまあいい。昔のことだ。

「そういえばあの会場で、彼女だけがワタナベくんにチェックを入れてなかったんだよな」と僕は言った。

「そうなの？　でもそれはなんとなく分かる気がするよ。年収だけ見て『気になる人』にチェックするのは彼女のプライドが許さないんだと思う。それに『この男、わたしに気がないな』っていうのは一秒で分かるって言ってたし。ワタナベくんは、ほら、わかりやすい面食いだから」

「あの語学美女に行ったのが、ワタナベくんだけっていうのも不思議」

「それも彼女に聞いた。いいオンナは金が掛かりそうだし、実際に結婚できるイメージが浮かばないから、ああいう場では案外放って置かれるんだって。それに意識高い系の美人って、自分より年収の低い男はまず選ばないし、『わたしが尊敬できる人じゃなきゃ嫌なんです』とか言うらしいよ」

「なるほど。勉強になるわ……って言ったら彼女に怒られた」

「はは、はっきり言うからね、彼女。彼女の発言で一番ギクッとしたのは、『婚活に来てる男は年収六百万が多い』ってやつ。なんでだと思う？」

「東京の会社員のアベレージだから？」

「半分正解。そこを意識して、六百万以下の男がみんな六百万って書いてくるんだって」

「それって、俺のことじゃん」

　やはり僕は典型的な雑魚だったのだ。

「ちなみにお前は幾らって書いたの?」と僕は訊ねた。

「八百五十。でもちゃんと『これは今年だけです』って書いたよ。彼女はそこを見て『逆に信用できる』と思ってくれたらしいんだ」

「じゃあお前はしばらく婚活パーティはお休みか」

「うん。じつは明日も、彼女と会う約束があるんだ」

「彼女のいい所と悪い所を、一つずつ挙げてみてくれ」

小野はしばらく考えてから答えた。

「いい所は、嘘がないところ。悪い所は、それゆえにしばしば相手を傷つけちゃうところかな」


僕は二回目の婚活パーティに一人でエントリーした。勝手はわかったし、チケットを使い切りたかったし、自分をもういちど市場に晒《さら》してみたい気持ちもあった。

会場は錦糸町《きんしちょう》のビルの一室だった。男性は四十～五十二歳まで、女性は三十七～四十九歳まで。この前と同じ十対十だ。

まずは総当たり戦が始まった。

一人目は中学校の社会科教師で、四十三歳、年収六百二十万。結婚相手に望むのは、共感力と包容力。

「吉井さんはどんな本を書かれているのですか?」と訊かれた。

「請け仕事なので、なんでもやります。名言集に載せる言葉を選んだり、頼りになるがん名医を探したり」。あとはアスペルガー女性のエッセイ漫画の脚本を起こしたり、やくざ本に名義を貸したり。

「面白そうですね。読んでみたいです」

彼女はティーンエイジャーと日常的に接している人独特の若さと、若さ疲れの両面があった。話はそこそこ盛り上がったが、これと言って惹かれるところはなく、僕は心の中で「保留」のスタンプを押した。

二番目は四十一歳の不動産鑑定士の女性で、年収は五百三十万円。結婚相手に望むのはまじめさ、相性、経済力。

「吉井さんの『資産』の欄に平屋、カッコおんぼろってありますけど、どれくらいおんぼろなんですか？」

「たしか築三十八年くらいだと思います」

「大きさは？」

「居間と六畳間が二つ、それに風呂とトイレですね」

彼女はふんふんと頷きながら、「車庫は？」と言った。

「あります。使ってませんが。大型車はムリかな」

「駅から徒歩何分ですか」

「七分くらいです」

「住宅街ですよね」

「住宅街です」

「なるほど。ビルトインの駐車場をつけて三階だての建売りにしたら、結構いい額で売れると思いますよ」

そこで時間がきて、僕は「ありがとうございました、検討してみます」と頭を下げた。彼女は「すみませんね、職業柄そっちに興味がいってしまって」と言った。物件としての僕には興味がなかったという訳だ。

そのあとも、手応えのない三分トークが続いた。第一印象とプロフィールだけでだめ出しを食らい続けるのはそれなりに苦痛だったが、

「ま、こんなもんだよな」

と、どこかで醒《さ》めた気持ちもあった。

就職活動の時は一年以上にわたり、だめ出しを食らい続けた。学歴、エントリーシート、筆記試験、適性試験、喋り方、容姿、雰囲気。何がいけなかったのだろう。あとから思えば、就活がうまくいかなかった理由の大半は時代のせいだったのかもしれないが、若い頃は時代のせいにできなかったし、したくもなかった。

人間性を根本から否定され、心を削り取られるようなダメージから完全に立ち直れたのは、つい数年前のような気がする。あのとき食らったNOの連続に比べたら、女性たちからのNOは耐え難いという程ではなかった。僕は強くなったのだろうか。違う。自分を諦めかけている

のだ。**自分で自分を見放したら本当の終わりだぞ**、と思いつつ最後の女性にプロフィールシートを差し出した。

「あら、同じ吉井同士ですね」と彼女は言った。

　言われて僕も彼女のプロフィールシートに目を落とし、「ほんとだ」と言った。

吉井和子《かずこ》、四十一歳。職業はタクシードライバーで、年収四百二十万。一言アピール欄には「七歳の男の子のシングルマザーですが、よろしくお願いします！」とある。

　僕は訊ねた。

「タクシーにあまり乗らないので分からないのですが、最近は女性ドライバーが増えているんですか」

「増えてないです。わたしの営業所ではほかに一人だけ。やっぱりわたしみたいに〝訳あり〟のシングルマザーです」

　彼女が感じよく微笑んで自分のことを俎上に載せてくれたので、僕は「お子さん、小学一年生ですか？」と自然に訊ねることができた。

「はい。今年から小学校に上がったので、勤務シフトを九時五時に変えました。そういう融通が利くのがタクシーのいいところです。子どもが風邪をひいたら休めますし。出来高制だから休むとお給料を直撃しちゃうし、ほんとは夜の方が稼げるんですけどね」

　彼女のメイクは極めてシンプルで、服も紺の地味なパンツスーツだ。丁寧に自分を磨いている感じも全くない。でも、飾り気のない笑顔に惹かれるところがあった。三分間が終わり、

「気になる人」チェックの時間になると、僕は彼女にだけチェックを入れて提出した。

集計結果が出て、自分へのチェックがゼロだったことにショックを受けつつも、フリートークでは彼女のもとへ向かった。

「お話ししてもいいですか」

「はい、もちろん」

彼女は嬉しそうに言ってくれた。なぜ僕にチェックを入れてくれなかったのだろう。

「吉井さんはフリーライターなんですよね。すごいです。わたしバカなんで、本とか読まないから」

「いえいえ。今どき本を読むのは暇人だけですから」

「でもタクシーのおじさんで、キンドルって言うんですか、あれにたくさん本を入れて読んでる人がいますよ。わたしたちって法律で休憩が義務づけられてるから、眠れないときは車のシートを倒して読む人が結構いるんです。だから営業所の休憩室では、本の話で盛り上がることもあります」

「へーぇ。ほかに多い話題は？」

「ギャンブル、栄養ドリンク、オンナ。だからわたしはいつも蚊帳の外です」

僕は笑った。彼女が運転するタクシーに当たったら、名古屋《なごや》まで行っても退屈しないだろう。頭の回転が早くて、表現が的確で、ユーモアがある。婚活パーティで「この人ともっと話したい」と思える相手と初めて出会えた気がする。

「一つ訊いてもいいですか」と彼女が言った。

「どうぞ」僕はぎくりとしつつ答えた。〝将来の夢〟みたいに思いがけない毒を含んだ質問は、あとでじわじわ体を駆け巡る。

「吉井さんは婚活歴ゼロになってますね。どうしていままで婚活しなかったんですか？　あと、理想の夫婦像があれば伺いたいです」

僕はほっと胸をなでおろした。ただ、一つ目の質問についてはすぐに大まかな見当がついたが、二つ目については考えたこともなかった。

「うーん、難しい質問ですね。すぐに答えられるかな……」

僕はどちらの質問についても、なるべく正確にニュアンスを伝えたかった。嘘は年収だけで充分だ。

背後に視線を感じた。振り向くと、メガネの人物が順番待ちをしている。僕は紳士的に振る舞うことに決め、「あの、またお話ししたいです」と言って立ち上がった。「その時までに答えを見つけておきますから」

「えっ、ああ、はい」

彼女が曖昧に微笑んだ。迷惑なのだろうか。話が盛り上がったと思っただけに残念だ。僕は男に席を譲ったあと、残りの時間はどこへも行かず、会場の後ろの方で立っていた。彼女は次の男ともよく喋っていた。

最後のマッチングタイムがやってきた。僕は一位に彼女の名前だけを記して提出した。

「本日は二組のカップルが誕生しました！」

僕の名前が呼ばれ、会場の隅で彼女と引き合わされた。

「ありがとうございます」と僕は言った。

「こちらこそ」と彼女は微笑んだ。

これから学童へ子どもを迎えに行くと言うので、連絡先を交換して別れた。


僕は「まるご」でフライ定食Aを注文し、麦茶を飲みながら「宿題」について考えた。問題は〝理想の夫婦像〟だ。

僕は厨房で揚げ物をするおじさんと、テレビをぼんやり見上げるおばさんを交互に見つめた。「定食一筋50年」の二人は「夫婦一筋50年」でもある。五十年間、二十四時間一緒というのは、どんな気持ちだろう。

世間にはカンちゃんのように、ずっと離れて暮らす夫婦もいる。もし「どちらかを選べ」と言われたら、僕はカンちゃんスタイルに近いものを採用したい。もちろんずっと離れて暮らすわけではなく、一日三時間くらい一緒にいるイメージだ。

だけどそんな外側《ガワ》の話じゃ、宿題に対する答えにはなるまい。僕は自分が「夫婦」に対する想像力を根本的に欠いていることを認めない訳にはいかなかった。

「お待ちど」

おばさんがお盆を運んできた。「クリームコロッケ一つおまけしといたよ」

「ありがとうございます」

おばさんは配膳を終えると、店の外を見やり、さっとひと雨きそうだね、とつぶやいた。

彼女が非番の平日に、有楽町でランチをした。

安くはないが高くもない、席間のゆったりしたレストランだ。僕はポークソテーを、彼女は店の名物のロールキャベツを注文した。

「僕はビールを頼もうと思いますが、どうしますか？」

「わあ、いいですね。じゃあわたしも一杯だけ」

彼女はこの前より少しだけ濃いメイクをしているように見えた。乾杯のあと、ビールとピクルスでしばらく世間話をした。やがてメインの料理が来て、それを充分に堪能したあたりで、

「ところでこの前の宿題についてですが」

と僕は切り出した。彼女は一瞬首をかしげた。

「ほら。なぜ婚活しなかったか、理想の夫婦像は何か、というあれです」

「ああ、覚えてますよもちろん。考えてきて下さったんですね」

「少し長くなるかもしれませんが、いいですか」

「はい」彼女はフォークを置き、居住まいを正した。

「僕は大学を卒業してから、何をやってもうまく行きませんでした。仕事に希望を見出せない。頑張ってもなんとかなるとは思えない。それでも自分を諦めきれない。ないない尽くしの

人生です。仕事で名言集をつくったとき、『希望を抱かぬ者は、失望することもない』という言葉を見つけてハッとしました。自分がだんだんと希望を持たなくなったことに気づいたからです。正社員になる希望も、まともな生涯賃金を確保する希望も、結婚して自分の稼ぎで妻を食べさせる希望も捨てました。こんなすかすかの男と一緒になりたいと思う女性がいるでしょうか？　いないと思います。引かれちゃったかもしれませんが、これが今まで婚活をしてこなかった、偽らざる理由です」

彼女は大きなため息をついた。

「男の子なんですね、吉井さんも。いまどき旦那にそこまで求める女性も少ないと思いますよ。大切なのは、幸せのハードルの高さが同じこと。そこが同じなら、お金はそこまで重要じゃないんじゃないかな。ちなみに吉井さんが最後に女性を好きになったのはいつですか」

数ヵ月前です、とは言いづらくて、とっさに「数年前です」と答えた。

「その彼女と幸せのハードルの高さは同じくらいでしたか？」

僕は首を横に振った。彼女の幸せのハードルは、ある意味で限りなく低かった。毎日同じ生活を繰り返すことが一番大切なことだったからだ。

「そうですか……。でもくよくよ考えず、ありのままでいれば、吉井さんを好きになる女性も出てくると思いますよ。だって吉井さんは文章が書けるんだもん。それってわたしなんかから見れば凄いことです」

「二つ目の質問に対する答えですが、うちは母子家庭だったし、理想の夫婦像というものは思いつきませんでした。逆にお伺いしますが、和子さんはどうして婚活をなさっているのですか」

「吉井さんが正直に答えてくれたので、わたしも正直にお答えしますね。前の旦那が、養育費をバックれ始めたからです」

彼女は自分を襲った行為の卑小さに呑みこまれぬよう、力任せに微笑んだ。

「わたしの稼ぎだけでも、やれない訳ではないんですが、やっぱり不安です。体力的にきつい仕事だし、たまに面倒な客に当たって精神的にも疲れるし。だけどこんなおばさんが稼げる仕事は、ほかにありません。そういう意味では本当にいい仕事なんですよ。夜の世界で働いてるシングルマザーたちみんなに『こっちにおいでよ』って言いたいくらい。ただ、倒れたら即収入ゼロになる恐怖はいつもあります。あと、事故とか。わたしが事故で運ばれて、息子が学童でしくしく泣きながら迎えを待つ姿をときどき想像します。だから新しい旦那ができたら安心だし、その人が時間の融通が利く仕事だったら、わたしは夜のシフトに入りたい。夜の銀座で長距離《ロング》の客を乗せて稼いで、小岩《こいわ》か新小岩あたりに2LDKのマンションを買うのが夢なんです。もちろん子どものことが一番だから、新しい旦那も、お金も、マンションも、絶対にクリアしなくちゃいけないハードルではないんですけどね」

彼女は理想の夫婦像を持っている。将来の夢も明確だ。僕とは比ぶべくもない。

ウェイトレスが食後の珈琲を運んできた。彼女から事前に二時まででと聞いており、その門限が近づいていたので、

「あの、次は……」

僕はおずおずと切り出した。

「無理しなくていいですよ」

彼女は珈琲カップをソーサーに置いてにっこりした。

「吉井さん、わたしと結婚する気ないでしょ？　それにこんな言い方はあれかもしれないけど、わたしも忙しいので、その気のない人とデートを重ねる時間は取れないんです」

今日の誘いに応じてくれたのは、優しさからだったのだ。僕は一敗地に塗れ、告白の衝動に駆られた。

「すみません、一つ嘘をついてました。僕、ほんとは年収二百万です」

すると彼女は目を伏せた。

「そんな気がしてました、なんとなく。あ、そろそろ行かなくちゃ」

彼女が財布を取り出したので、「ここは僕が」と手で制した。早く出て行って欲しかった。

「それじゃお言葉に甘えて。ごちそうさまでした」

彼女は財布をバッグにしまった。「もし稼ぎたくなったら連絡ください。死ぬ気で頑張ればタクシーでも六百万や七百万くらい稼げますから。会社に新人ドライバーを紹介すると二十万円貰えるんで、二人で山分けしましょう」

僕は時をおかず三回目のパーティに申し込んだ。酔って「どうにでもなれ」と三軒目の暖簾をぐる時のようでもあり、さっさと消化試合を済ませたい監督のようでもあった。

今回は違う形式のものにエントリーした。五対五で集まり、ブースで十分ずつ話し、マッチングタイムで終了というものだ。シンプルでいい。

一番目と二番目は会社員の女性で、三番目は花屋の女性だった。「ええっ、ホントですかぁ⁉」「ウソぉ、信じらんない‼」というリアクションがいちいち大袈裟で面白く、興味を惹かれた。

——チェックを入れるならこの女《ひと》かな。でも人気あるかも。

そんなことを考えながら四番目のブースに入り、僕は「えっ！」と声をあげた。草野かおるだった。

「どこかでお会いしましたっけ？」彼女は悪びれもせずに言った。

「ほら、この前のパーティで。小野の友人です」

「小野さんてあのライターの？」

「はい」

草野かおるは僕の顔をまじまじ見つめ、「あー、会ったかも」と言った。気まずそうでないのが不思議だ。

「座ってもいいですか」と僕は訊ねた。

「どうぞ」

どうにか十分間をやり過ごさなくてはいけない。

「僕、これで婚活パーティ三回目なんですけど、全然ダメダメです。何がいけないんでしょうね」

彼女の瞳の奥でスイッチが入るのがわかった。

始まる。

「女をオトすには共感力です、みたいな話は期待しないでね。だいたいその歳でこういうパーティに来てるんだから、異性に対するコミュ力が低いことには驚きません。でも女だってアラフォーになると、『相手の目を見て話せる人なら、コミュ力はOKってことにするか』って人も多いよ。ルックスなんかも結構どうでもよくて、清潔感があればOKとか」

「その清潔感ってよく聞くんですけど、具体的には何を指してるんですか？」

「部分よりも全体。でもこれもアラフォーになると緩くなって、『髪がベタついてなくて、肩にフケがなきゃOK』みたいなところあるよ。人によっては『年収が低くても、定年までいけりゃいいか』とかね。ま、わたしも初めは相手の希望年収八百からスタートしたんだけど」

彼女は引き攣《っ》るように笑い、手にしたボールペンを苛立たしげに弄んだ。

「女も三十三歳くらいから、本命として見られなくなるんだよね。まず同年齢の反応が微妙になって、アレって思う。そんで三十五からは遊び相手としても見られなくなる。一つ違いでも年下が誘ってこなくなるわけ。たぶん婚活に来てる男にとって、劣化した卵子を持つ女はそれだけでアウトなんだろうね。本気で声かけてくんのは、ハゲ散らかした、年収三百万くらいの、どっかの山奥に住んでそうなおっさんばっか。周りを見回すと、売れ残ってる女はクセ者ばっかりで、自分もあんな風に見られてるのかって思うと、鳥肌が立つくらい嫌だよ。親も『あんたが結婚するまでは死んでも死に切れない』とか言うし」

「まだそんなこと言うんですね」

「言うよ。まさしく殺し文句だねあれは。こう見えてわたし、親孝行なんだ。って説得力ないか」

「いえいえ」

「一度、家つきのいい男がいたんだけど、漏れなく同居のお父さんがついてくるって言うんでやめたわ」

「ははは」

「もう結婚しなくていいかな、できないかな、って思うよ。どうせいいのは残っとらんだろうし。それに正直、こういうところで相手を見つけようとしてる男にも偏見あんだよね。『そんなオンナに困ってるの？』みたいな。心のどこかで、婚活パーティで出会うのは本当の出会いじゃないと思ってんのかもしれない」

それは僕も同じかもしれなかった。彼女は喋るだけ喋ると、手元の紙にさらさらとペンを走らせて、僕に見せた。

〝隣の花屋の女は天然演技だから〟

僕はぷっと噴き出した。

「こういうのにダマされる男が多いんだよね。だから結婚できないんだよ。吉井さんは、もうちょっとガッツキ感出した方がいいよ。あれ、この人カッコつけてるつもりかな、って思われちゃうから」

「そうですかね」

「そうだよ。わたし思ったもん」

「普通のつもりだったんですけど」

「ごめんね、好き勝手なこと言って。でも、もう会うこともないだろうし。はっきり言っといた方が、吉井さんのためになるかなって」

「ありがとうございます」

「最後にわたしにもアドバイスしてくんない？　なんでわたし売れ残っちゃったと思う？」

「えーっと」

僕は前回の第一印象を懸命に思い出した。

「カルテを見る医者みたいでした、プロフィールシートを見る目が。あれで居た堪れなくなっちゃう男は結構多いんじゃないかな」

彼女は自嘲のため息を漏らした。

「婚活ズレしちゃったのかな。決まる子って、だいたい初回とか二、三回目までに決まるんだよね。冷たい目つきをした、口の悪いアラフォーじゃ、いくら回数こなしたところで草も生えないよね」

「あの、小野とは……？」と僕は訊ねた。

「ああ、これは変に捉えて欲しくないんだけど、本当に今晩あたりお断りを入れようと思ってたんだよね。何度か食事したけど、別に手も握ってないし。やっぱさ――」

彼女は僕の目を見て、ニヤリとした。

「魅力ないんだよね、負け犬根性が染みついた男って」

ここでタイムアップとなった。

さっさと帰り、「まるご」でフライ定食を食べたくなった。

第5話

せんべい屋のシャッターは朝十時に開くはずだったのに、十時二分になっても開かなかった。こういうときの二分は、体幹トレーニングで筋肉が震え出した時みたいに長い。

発端《ほったん》は昨晩、カンちゃんから電話があって、「吉井くん、悪い。あした僕の代わりに麻布十番《あざぶじゅうばん》でせんべいを買って、お美代さんの病室に届けてくれない？」と言われた。

「いいですよ、別に」と僕は答えた。

「ありがとう。じつはお美代さんが体調悪くて入院したんだけど、いまはそのせんべいしか受けつけなくて。朝昼兼用だから朝イチでお願い」

がちゃっと鍵の外れる音がし、一気にシャッターが開いた。店のおかみさんみたいな人が
「おはようございます。お待ちでしたか」と言った。

「はい、今日は代理で」

「ああ、あの方の」

おかみさんがくすっと笑った。カンちゃんはこのところ毎朝、自転車でせんべいを買いに来ているらしい。

まだ仄《ほの》かに温かいせんべいを包んでもらい、地下鉄南北線《なんぼくせん》のホームで、自分用に買ったものをぱりんと齧った。うまい。それにしても、せんべいしか咽喉を通らない患者というのも珍しいのではないか。

せんべいを届けると、お美代さんに何度もお礼を言われた。会うのは初めてだ。

「ほんとにごめんなさい、こんなこと頼んじゃって。さっきメールが来たんですよ。『吉井くんにピンチヒッターを頼んだから』って」

「気にしないでください。カンタローさんにはいつもお世話になっているんで。それに僕、カラオケ葬の映像を観せてもらったことがあるんですよ」

「えっ、わたしの?」

僕が頷くと、お美代さんは「やだぁ」と童女のように恥じらった。

「せんべい、召し上がりますか」と僕は言った。

「ええ。お頼みついでに使ってしまって申し訳ないのだけれど、デイルームでお湯を淹れてきて下さらない?」

持って行くと、お美代さんはせんべいを湯でふやかしてから食べた。「いつもこうしてるのよ」とまた恥ずかしそうに言う。カンジュニに見せてもらったエンディング・ノートや生前葬の映像からは、芯《しん》の強い人という印象を受けた。でも実際に会ってみるとチャーミングで、カンちゃんが惚れた理由がなんとなくわかった気がした。

病室を出たところで、カンちゃんからメールがきた。お礼に昼をご馳走してくれるという。

僕らは芝公園で待ち合わせた。

「悪かったね。今日は僕も病院だって昨晩思い出してさ。この前も忘れてスッポかしちゃったんだ。ところで吉井くん、いま何か本つくってる？」

「ちょうど明日から、日本酒のムック本がキックオフです。いまちょっとしたブームなんですって」

「へーぇ。日本酒のムックかぁ」

「手伝いたいですか？」

僕は含み笑いで訊ねた。呑《の》ん兵衛《べえ》にはたまらない仕事だろう。「あした布井と一発目の打ち合わせがあるから、ご一緒にどうです」

「別に手伝いたい訳じゃないんだけど、その仕事を少年に見せてあげてくれないかな」

「少年？」

「うん。お美代さんの主治医は坂上あけみさんって言うんだけど――」

「あ、知ってる。カラオケ葬で中島みゆきを歌ってた人でしょ」

「そう。あけみ先生は広尾《ひろお》の高級マンションに住んでて、十五歳の男の子のシングルマザーなんだ。光希《コーキ》君と言って、これが神童なんだって。ツクコマって知ってる？」

「筑波《つくば》大学《だいがく》附属《ふぞく》駒場《こまば》中学のことですか」

「うん。そこの子なんだって」

「へえ、凄いですね」

筑駒《ツクコマ》といえば日本一の進学校で、灘《なだ》や開成《かいせい》より入るのが難しいと言われている。

「とにかくアタマがいいんだけど、あけみ先生、どう接していいかわからないんだって。もう一年以上も口を利いてなくて、コミュニケーションはＬＩＮＥだけ。ツイッターもブロックされたから新しいアカウントで見てますって言ってた」

「それは相当こじらせてますね」

「あけみ先生は『何か悩み事や隠し事があるんでしょうか？』って言うんだけど、どう思う？」

「どうでしょう。思春期の男の子が口を利かなくなったら、母親はそう思ってしまうかもしれませんね。男兄弟がいなかった女性は特に。でもそのことと、日本酒のムックづくりを少年に見せることに、なんの関係があるんですか？」

「ない。それはまた別件なの。コーキ君の社会科の宿題で、業界を一つ視察してレポートにまとめるんだって。あけみ先生が医薬メーカーの人を紹介しようとしたらコーキ君に断られたから、『カンタローさん、誰か出版の人を紹介してくれませんか』って。コーキ君も出版なら興味あるそうだよ」

筑駒の神童。僕と同じ母子家庭。母親と一年も交流断絶。僕はその少年に興味を持った。

「わかりました。しがない下請け稼業でよければお見せしましょう」

僕らは病院へ戻り、あけみ先生を呼び出してもらった。彼女は急ぎ足でやって来て、僕らを面談室へ通した。

「お引き受けくださり、ありがとうございます」

あけみ先生はメガネを掛けた化粧気の少ない女性だった。職業柄シンプルにまとめているが、知的できれいな人と言っていいだろう。

「さきほど息子に連絡したら、お願いしますとのことでした。吉井さんのご連絡先を教えてもいいですか。本人から直接連絡させますので」

「どうぞ、どうぞ」とカンちゃんが僕に代わって答えた。

「ところで息子さん、筑駒の神童なんですってね」と僕は言った。

「神童だなんてそんな。ただ、変わってることは確かです」

「どこらへんが？」

「小さい頃からプログラミングが好きで、いまはＡＩなんかに興味を持っているのですが、友達がいないんです。でもイジめられたり仲間外れにされてるわけじゃなくて、『友達はコストに見合わないから作らないだけ』と本人は言っております。いちど話し合おうとしたら、『議論の前提が共有できない相手とは話してもムダ』と言われ、それから口を利いてくれません」

「うちの息子にもそんな時期があったなぁ」

とカンちゃんが言うと、あけみ先生は一瞬救われたような表情になった。しかしすぐに眉を曇らせ、「でもあの子、本当にどこかヘンなんです」と言った。

「たとえば？」と僕は訊ねた。

「なんて言えばいいんだろう。深く悩んでいるというか、何かを隠してるというか……。ごめんなさい、うまく言えなくて」

「いえいえ。わかりますよ、その感じ」

僕はあけみ先生がカラオケ葬で「時代」を生まじめに歌いあげる様子を思い返した。年頃の男子にとっては、そんな母親の生まじめさすら、鬱陶しく感じられるときがあるに違いない。

「あの子、もう父親とも会ってないし、わたしには言いづらいことも男の人になら言えるかもしれません。もし何かわかったら相談に乗ってあげてくれませんか。よろしくお願いします」

夕方、少年からメールが来た。

「はじめまして、坂上光希と申します。このたびは職業レポートの指導者《メンター》をお引き受け下さり、誠に有難うございます。短い期間ですが、何卒ご指導の程をよろしくお願い申し上げます。放課後と土日のスケジュールは概《おおむ》ね空いております。さしあたってのご指示を賜《たまわ》れれば幸いです」

何かのテンプレートを使ったのかというくらいカンペキな文章だ。筑駒の子はみんなこんなメールを打てるのだろうか。僕は返事を打った。

「あした出版社の編集者と、本づくりの初打ち合わせがあります。そこから同席してみませんか。十六時に大門駅のモスバーガーでどうでしょう。少し話してから先方へ出向きましょう」

すぐに「かしこまりました」と返事があった。僕は布井に「あした十五歳の神童を社会科見学に連れて行きます」とメールし、カンちゃんにもお誘いのメールを入れた。

翌日モスで待っていると、「吉井さんでいらっしゃいますか」と後ろから声を掛けられた。

振り向くと、色白の少年が耳からエアポッズを外し、ポケットにしまうところだった。

「吉井です、どうも」

「坂上光希です。このたびはご多忙の折り、誠に有難うございます」

コーキ君は深いお辞儀から直ると、他人を品定めするときの遠慮のない視線を僕に向けた。一方で、初対面の大人に対する不安の色も浮かべている。

「制服じゃないんだね」

「はい。今日は早上がりだったので、いちど家に帰って着替えてきました」

ラコステのポロシャツに、グレーのデニム、そしてアディダスの白いスニーカー。小ざっぱりした上品な格好は、あけみ先生の見立てだろうか。整った顔だちや、目と目が少し離れている感じも、おかしいくらい母親に似ている。垂れた前髪がナチュラルに斜めに流れているあたりは、最近の若者といったところか。

「とりあえず何か食べようか。ハンバーガーセットみたいなものでいい？　おごるよ」

「ありがとうございます」

コーキ君は立ったままお辞儀した。「でも外ではあまり炭水化物を摂《と》らないようにしているんです。モスチキンとアイスティーでよろしいですか」

「よろしいです」

買って行くとコーキ君はまたも厚く御礼。悪い気はしないが、こうも頻繁だと信号の繋がりが悪い国道をクルマで走っているみたいでいささか調子が出ない。

「コーキ君は筑駒なんだってね」

「はい」

「プログラミングやAIに詳しいって聞いたよ。理系かな。将来はお母さんの跡を継いで医者とか目指してるの？」

「いいえ。そういう目標じたい、見当違いじゃないでしょうか」

コーキ君はモスチキンに伸ばしかけた手を止めた。腕は折れそうなくらい細く、手首に巻いたアップルウォッチもぶかぶかだ。

「そうなの？」

「AIが社会実装されたあかつきには、医者も弁護士も会計士も存在価値を失いますから」

「はい。すべてロボットで代替できる仕事なので、間違いありません」

少年の目は自信に満ち溢れていた。われわれが社会生活で打ちのめされているうちに喪ってしまった光だ。

「じゃあコーキ君は将来何になりたいの？」

「ないんですよね」

「えっ？」

「なりたいものが、ないんです」

コーキ君は清々しいまでに言い切った。

「周りを見渡しても、『この人みたいになりたい』というロール・モデルが見当たりません。

本音をいえば仙人みたいに隠居して暮らしたいのですが、それでは当面の暮らしに困るでしょう。だからコストに見合った職業は見つけねば、とは思っています」

優秀な頭脳に宿った隠居志向。もし本気で言っているなら、保育園の送り迎えをする電動自転車にF1のエンジンを積んでしまったくらい勿体ない話だ。

僕らはモスを出て、T社の編集部へ向かった。

布井のデスクにはすでにカンちゃんが来ていた。二人は純米吟醸《じゅんまいぎんじょう》がどうのこうのと声を張り上げている。布井が僕らに気づき、

「あ、ども。こちらが例の神童さん？」とチェアをくるりとこちらに向けた。

「はじめまして、坂上光希と申します。このたびは社会科の職業レポートのために見学をさせて頂きたくて参りました」

「かたくるしい挨拶は抜きよ。俺も筑駒だし」

「えっ、本当ですか」コーキ君の声が一オクターブ上がった。

「うそうそ。茨城《いばらき》の公立高校です」

コーキ君は音もなく笑った。冷笑の一歩手前で止めたのは偉い。

会議室にはすでに一升瓶がずらりと並んでいた。百本近くありそうだ。隣でカンちゃんが唾を飲み込む。

布井が「これ、台割《ダイワリ》ね」とみんなにペーパーを配った。

僕はコーキ君に説明した。

「台割っていうのは目次案のこと。本は十六ページ単位でつくる。それだと用紙のロスがなくて印刷費が安く上がるから。この本は九十六ページ、フルカラーだね」

コーキ君は台割に目を落とし、メモを取りながら頷いた。

「いま呑むべき、めちゃウマ地酒五十本」

「大将もう一杯！　と言いたくなる呑み屋さん十五軒」

「熱燗《あつかん》向きですが何か？　な十七本」

こうした特集は、十五歳のエリートの目にどう映じているのか。

「つーわけで、この一升瓶を物撮《ブツど》りして、台割どおりに並べて。店のリストはお任せ。東西バランスよくね。あとは適当にやりながら。以上、よろしくです」

打ち合わせは三分で終わってしまった。これじゃコーキ君の手前あんまりなので、僕はいくつか質問した。

「酒は地域ごとに並べますか？　それともカテゴリー別？」

「任せるよ」

「お店が東京に偏《かたよ》るのは、ある程度しょうがないですよね？」

「それも任せる」

するとコーキ君が「そちらの本はなんですか？」とデスクの隅に積んである本を指さした。

「あ、これは俺と吉井くんで最近つくった本。君がギョーカイ見学に来るっていうから用意しといたの」

ずずっと布井が差し出すと、コーキ君はアスパー・ガールのコミックエッセイを手に取った。ふっと僕の心が揮発しかけた。まるで強い酒に口をつけたときのように。僕は婚活パーティでの経験を通じて、彼女こそ僕の永久一位指名女性だったのではないか、という想いを強めていた。

布井が言った。「十五歳ってどんな本読むの？　やっぱスマホばっか見てんの？」

「同級生のことはよく知りませんが、僕に関していえば、紙の本は図鑑と辞書しか読みません。他人の思考の軌跡を辿るだけの『読書』って学習コストが悪いので。あと、スマホではオンライン講義を聴いてることが多いです」

「なにそれ」とカンちゃんが訊ねた。

「世界中の有名教授が、講義を動画で公開してるんです。日本の大学で単位のためにつまらない授業に出るくらいなら、家でこれを観てた方が断然コスパがいいですよ」

「君って、英語できんの？」

布井がおずおず尋ねた。気持ちはわかる。

「答えはイエスであり、ノーです。十歳のときから夏休みに毎年英語圏へホームステイしているので、日常英語はわかります。でも専門的な講義だと知らない単語も結構出てきます」

「凄いね。東大合格確実か」

布井がつぶやくと、コーキ君の目が少し険しくなった。

「そろそろその階層構造《ヒエラルキー》も崩壊すべきでしょうね。たとえば受験英語の知識なんて、僕らが大人になる頃には陳腐化しています。同時通訳機と自動翻訳機の飛躍的な向上により、英語学習はコストに見合わないものになっているでしょう。むしろこれからの時代に必要なのは、翻訳機が翻訳しやすい母語の運用を身につけることです」

「なんでさ？」とカンちゃんが訊ねると、コーキ君は「なぜ」と言い直した。

「ん？」大人たちが首をひねる。

「〝なんでさ〟は翻訳機がうまく認識してくれないので、〝なぜ〟と言うクセをつけた方がいいでしょうね」

「へーぇ。たまげたね」

「それも〝驚いたな〟と言うクセをつけた方がいいと思います。翻訳機が普及した社会においては、そうした話法を身につけた方がストレスなく過ごせてコスパがいいので」

「みんな騒いでるけど、ＡＩってそんなに凄いの？」

布井が訊ねると、コーキ君は「凄いです！」と食いついた。編集者は質問のプロだ。

「まず、事務ワークや運送業や肉体労働者が仕事を奪われます。次に医者や弁護士や教師なども失業します。『クリエイティブな仕事はＡＩに奪われない』というのも幻想で、今世紀中には、画家や作曲家や小説家や映画監督も失業するでしょう」

「ストリッパーは？」

カンちゃんの質問に、少年は眉を顰めた。「それは現時点でも絶滅危惧種では？」

「ご名答」

「ま、辞典とか好きならこれどうぞ」

布井が『古今東西名言集　１０００』を差し出した。するとコーキ君は「ありがとうございます。でも結構です」と言った。

「要らないの？」

「はい。名言集という発想自体、あまり好きになれません。それは『答えのない問題』について考える知的体力とスキルのない人が、『そこに答えがある』と勘違いして飛びつくものではないでしょうか」

「言うね」布井が面白がった。

「とはいえ僕も、ニーチェｂｏｔはフォローしてますけどね」

「ニーチェボットってなに？」カンちゃんが訊ねる。

「定期的にニーチェの名言をつぶやくように設計されたツイッター上のプログラムです。たまにいいこと言うんですよ。でも結局大切なのは、正解のない問題について自分で考える姿勢です。僕は設問力と質問力の向上をめざして、一日に最低一つはウェブに質問をアップします。英語に翻訳してぶちこむと、世界中から回答が寄せられます。それを読むと世界の多様性《ダイバーシティ》について、つくづく思い知らされます」

年齢とか関係なく、敵わない気がする。布井も同感だったようで、「前途洋々ですな、君は」と嘆息まじりに言った。

「全然です、僕なんか」とコーキ君は首を振った。「もう十五ですから。シンガポールでは十二歳で人生が決まるんですよ」

「どういうこと？」

僕らは一斉にざわめいた。数年前なら情報弱者《ジョージャク》のレッテルをべったり貼られるところだ。

「シンガポールでは小学校を卒業するときの統一試験でその後の進路が決まります。敗者復活は事実上ゼロ。十二歳の時点でいい点数が取れない人間は、その後も国家に有益なエリートに育つ可能性は極めて少ない、というビッグデータに基づいた選別です」

「まじか」と僕はつぶやいた。「カンタローさん、十二歳のとき何してました？」

「トンボ捕ってた。吉井くんは？」

「ドラクエを三回くらいクリアしてました」

「そんなもんだよね」

「これからの時代はSTEAMだと言われています。つまり科学《サイエンス》、科学技術《テクノロジー》、工学《エンジニアリング》、芸術《アート》、数学《マセマティックス》。この五つにどの程度習熟しているかによって、その人の市場価値が決まります」

「僕なんか全然ダメだな」とカンちゃんが言った。

「僕もです」と僕。

「でもダメになったら滅べばいいんだよね」とカンちゃんが言うと、コーキ君は「滅びていいんですか？」と目を丸くした。

「だってしょうがないじゃん。みんながみんな勤勉で意識を高く持つことなんてできないよ。職人さんが自分にしかできないと思っていたことでロボットに抜かれる。そしたら潔《いさぎよ》く商売を畳んで滅びる。美しいじゃない」

コーキ君は不思議な生命体を見るような目でカンちゃんを見つめた。人間、必ずしも社会の役に立たなくていいという思想は、仙人志望の十五歳にとっても衝撃だったようだ。

会議が終わってT社の下で別れるとき、コーキ君はさっと手を挙げてタクシーに乗り込んだ。僕とカンちゃんは呆然とそれを見送った。コーキ君の感覚でいえば、タクシー移動はコスパがいいのだろう。僕はふと、婚活パーティで出会ったタクシードライバーの女性を思い出した。

その晩、布井からきた業務連絡のメールの末尾にこうあった。

「あの子、言ってることは巷《ちまた》のAI本のパクリだけど、挨拶も敬語も完璧だね。それがコスパのいい振る舞いだって気づいてるとこが、なんかヤダ」

僕はコーキ君に小野を紹介した。いまや立派なITライターに転身した小野なら、コーキ君の興味を惹くと思ったからだ。

予想は的中した。コーキ君は身近に現れたIT先生とあらゆる情報を交換した。それは互いのツイッターやフェイスブックをフォローし合うところから始まり、パソコンに入れているソフト、スマホに落としているアプリ、利用しているオンラインサービス、ウェブ上における自分の影響者《インフルエンサー》は誰かなど多岐にわたった。

「こうした情報を他人と交わし合うことは滅多《めった》にありません」とコーキ君は言った。「それらは僕のオンライン・アイデンティティに関わる問題ですから」

僕はオンライン・アイデンティティという言葉を初めて知った。なるほど、そうとしか言いようのないものが、この十年で世界に根付きつつあることは確かなようだ。そんな面倒なもの要らないよ、と思うのは旧世代の証だろう。むろん僕もそちらサイドの人間だ。僕が欲しいのはオンライン・アイデンティティなんかじゃない。希望と可能性に満ちた十五歳のような目で、もういちどこの世界と対峙してみたい。何者にもなれた自分。でもこんなふうにしかなれなかった自分。**僕が欲しいのは、リアルな世界で自分の本当の人生を立ち上げることだ。**


午前中からT社の会議室で一升瓶の撮影を始めた。カメラマンは腕時計や宝石《ジュエリー》を専門に撮っている人で、素人目には視えない映り込みや指紋にも厳格な姿勢で臨んだ。百本近く撮るのは、一日仕事である。

昼過ぎ、小野が見学に来た。「すごい酒の数だな。なんか見てるだけでわくわくしてくるよ」

「本ができたらみんなで山分けしよう。コーキ君の面倒をみてくれたお礼に、お前にも進呈するよ。で、どう、彼?」

「いや、驚いたよ。俺みたいなおじさんはどうしても電子機器《ガジェット》情報とかが気になっちゃうんだけど、彼は完璧にツールとして使いこなしてるね。呼吸するようにスマホを使う世代の登場だ。オンラインサロンも主催してるし」

「なにそれ」

「知らなかった？　ほら、これだよ」

小野は〝ある15歳のシンギュラリティ・カウントダウン〟というサイトを開いて見せた。僕は小野のスマホをスクロールしながら、「シンギュラリティってＡＩが人間の知能を超える日のことだっけ？」と訊ねた。

「ま、そんなとこ。サロンの会員は七十人くらい。毎月ひとり千五百円集めてるから、十五歳にしちゃなかなかの稼ぎだ。俺も入らされちゃったし」

「お前らは毎月コーキ君に千五百円払って、何をしてもらってるわけ？」

「別になんにも。このオンラインサロンに入って、会員とお喋りするための月会費だよ」

「だから、なんで？」

「流行りなんだよ。ちょっと気の利いた有名人なんかは結構サロンを主催してる。ま、ウェブ上のゆるい結社みたいなものかな。スキルとか人脈を融通し合うこともある。コーキ君のサロンにはマスコミ関係者もいて、『いまどきの十五歳が考えてること』を定点観測してるから、そのうちマスコミで脚光を浴びるかもしれないよ」

僕はコーキ君にモスチキンを奢ったのが馬鹿らしくなった。可処分所得は明らかに彼の方が上ではないか。

「でもあの子、けっこう闇深いよな」と小野が言った。

僕はギクリとした。「なんでそう思った？」

「サロンで友人家族不要論を唱えてた。『本当の自分になるための足枷になるし、コストに見合わないから』って。それをたしなめた人と激しくやりあって、結局、強制退会させてた。あと、基本目を合わせないじゃん？　なのに時どき、なんとも言えない目つきするし」

「どんな目つき？」

「だから、なんとも言えない目つきさ」

「ふーん」

僕はコーキ君の〝なんとも言えない目つき〟に思い当たる節はなかった。それよりもコーキ君が、自分の主催するオンラインサロンで激昂し、独裁者として振る舞うことがあると知り、ちょっとした薄気味悪さを覚えた。あけみ先生が言っていたのは、このことかもしれない。

「お前さ、コーキ君の奥を探ってみてくれない？　お母さんも『あの子、何か悩みや隠し事があるのかもしれない』って言ってたし。ほら、この『而今《じこん》』やるからさ。めったに手に入らない酒だぞ」

僕は一升瓶を差し出した。

「お、サンキュー。彼のウェブ上での行動半径はだいたい把握してるから、なんとかなるかもしれない」

「ところでお前、草野かおるとはどうなったの？」

僕は三回目のパーティで彼女と遭遇したことは内緒にしていた。

「うん……もう会ってない」

小野がそれ以上話したくなさそうだったので、僕も重ねては問わなかった。

そこに布井がペットボトルの水を抱えて現れた。

「ちーす、撮影順調っすか。あれ、カンタローさんいないの？」

「メールしたけど、返事がないんですよ」と僕は言った。

「俺も」と小野が言った。「三、四日前に出したメールの返事がまだこない」

「ふーん、風邪でも引いたかな。せっかくカンタローさんのぶんの水も買って来たのに」

数日後、僕はあけみ先生に呼び出された。病院へ行くと、あけみ先生は看護師さんと二人で待っていた。

「お忙しいところお呼び立てしてしまって申し訳ありません」とあけみ先生が言った。「息子がいつもお世話になっております。こちらはうちの相沢《あいざわ》です」

「はじめまして、相沢夏子《なつこ》と申します」

夏子さんは僕と同年輩で、すこしふっくらしているのが頼もしく感じられる、そんなタイプの看護師さんだった。

あけみ先生が言った。

「今回お美代さんが入院するとき、わたしは『一ヵ月単位で予定を立ててください』と申し渡しました。はっきり余命を伝えるというのが、二人のあいだのルールだったからです。そして先日、『これからは一週間単位で予定を立てて下さい』と告げました」

「つまり、そういうことなんですね」僕は痛ましい気持ちに包まれながら言った。

「つまり、そういうことです」あけみ先生は頷いた。「お美代さんは今のところ、それを受け入れています。問題は、カンタローさんです」

「悲嘆《グリーフ》ケアという言葉をご存じですか」

と夏子さんが話を引き継いだ。

「ご家族を亡くした遺族の悲しみを癒すための、心のケアです。家族を亡くすとブロークン・ハート・シンドロームといって、文字通り心臓が張り裂けるような症状が現れます。不眠、無気力、持病悪化、食欲不振、罪悪感、記憶力や集中力の低下。現れ方は人それぞれですが、ある研究によれば、自分の失業や重病のストレスを百とすると、伴侶の死のストレスは二百とも言われています。とくに高齢男性の場合はひどくて、妻を亡くすと心疾患、動脈硬化、うつ病になる可能性がグンと高まります。妻の死から半年以内は死亡率も四割高まり、認知症のリスクは七倍に。最悪の場合は後追いも起こりかねません」

「最近、カンタローさんとお会いになりましたか」とあけみ先生が言った。

僕は首を横に振った。やはり、といった感じで二人は頷きあった。夏子さんが続けた。

「カンタローさんは典型的な予期悲嘆《プレ・グリーフ》の状態にあります。先日、鍋の火を掛けっぱなしにして、二度ほど警報機を鳴らしてしまいました。ごみを出す日を守れず、管理組合から注意を受けました。物忘れも激しいようです。部屋に引きこもって朝からお酒を飲むこともあり、電話やメールにも応じません。奥様の病室にいる時間も短くなりました。先日カンタローさんと面談したところ、ぽろぽろ涙をこぼしたかと思いきや、突如こぶしで机を叩き、『どうしてお美代さんが先に逝かなきゃいけないんだ』と怒りを表明なさいました。生存者罪悪感《サバイバーズ・ギルト》に苛《さいな》まれているのかもしれません。ひょっとしてカンタローさんは、奥様に謝りたいことがあるのではないですか」

僕は「ええ、たぶん」と頷き、心の中で「山ほど」と付け足した。

「こうした近況は全て息子さんから伺いました」と夏子さんが言った。

「ああ、カンジュニ……」

「マンションの管理人さんから『どうにかしてくれ』と連絡があったそうです。しかし息子さんも長年にわたるお母さまの看護で弱り切っていて、父上のケアまでは手が回らないご様子です。美代さんも『カンタローさんはわたしの死に耐えられないと思う』とおっしゃるし、それで仲のいい方をお伺いしたら、吉井さんのお名前が挙がったものですから」

「ああ、そういうことでしたか」

「ご迷惑ではありませんでしたか」

「とんでもない。僕にできることならなんでもしますよ」

「そう言って頂けると助かります」と夏子さんが言った。「あの世代の男性は、わたしのような悲嘆《グリーフ》カウンセラーに掛かるのを恥ずかしく思う方も多いので」

夏子さんから、ナチュラルで強い使命感が伝わってくる。

「でもこの前会ったときは、そんなにひどくない気がしました。いつものカンタロー節で」

と僕が言うと、

「悲しみは伏流水のようなものです」

と夏子さんは言った。「他人の目には見えず、見えたときには手遅れということが少なくありません。愛憎、悲喜、怒りと自責など、相反する感情が交互にこみあげてくる特徴があります」

「だから泣いたり怒ったりするんですか」

「そうです。しかも厄介《やっかい》なのは、予期でたくさん悲しんだとしても、実際の喪失《ロス》の悲しみは軽減されないことです」

「つまり、もしお美代さんが亡くなったら、カンタローさんはさらに酷い状況になりかねない?」

「はい」と夏子さんは頷いた。「もちろん悲嘆に暮れるのは当然です。でもなんらかの喪の作業《グリーフ・ワーク》を通じて立ち直れるかどうかが問題なんです。だからカンタローさんにお声掛けしてあげてください。一緒にいてあげてください。それだけでいいんです」

「それだけでいいんですか?」

「それだけでいいです。はかばかしい応答がなくても、絶対にゼロじゃありませんから」

「わかりました。何人かに声を掛けてみます。コーキ君にも」

と僕が微笑むと、あけみ先生は急に母親の顔になって「あの子、ご迷惑をお掛けしてませんか」と言った。

「全然。きわめて優秀で、物知りで、礼儀正しくて。いつもわれわれの方が教えてもらってます。ただ、いろいろ思うところはあるみたいですね。まあ、あの年頃なら当然ですが。何かわかったらご報告します」

僕は二人と別れたあと、病院のロビーのベンチで「カンちゃんケア同盟」のＬＩＮＥグループを立ち上げた。メンバーは僕、小野、布井、コーキ君、カンジュニの五人だ。

「ただいまカンタローさんが予期悲嘆に暮れています。みんなでケアしましょう！」

そんなメッセージを入れたあと、様子を見がてらカンちゃんのマンションまで歩いて行くことにした。天気もいいし、三十分くらいだから、頭を整理しながら歩くにはちょうどいい。

道中、人は悲嘆に暮れるために生まれてくる訳ではないが、幸せになるように設計されている訳でもない、ということが頻りに思われた。

僕らは喪失の物語を奏《かな》でがちだ。得たものの歓びを歌うよりも、喪ったものの面影に心を占領されて過ごす時間の方が圧倒的に長い。あのカンちゃんですら喪失の予感に打ちのめされてしまったというのだから、何をか言わんやだ。

コーキ君の仙人志望も案外、予期悲嘆《プレ・グリーフ》の類いではないか。頭のいい彼は「エリートだ」「東大確実だ」と言われたところで、自分を待ち構えているのがしょせん喪失の歌に過ぎないことに気づいているのではあるまいか。

僕はどうだろう。

母の死と、失恋。

四十歳を過ぎて取り返しのつかない喪失《ロス》をしたことを認めたくなくて、喪の作業《グリーフ・ワーク》から目を背けてきたのかもしれない。

でも、喪に服するってどういうことだろう。どうすれば喪失《ロス》を成仏させられるのか。

空を見上げた。

おそらく僕は本当の人生を起動させないまま死んでいくのだろう。

雲ひとつない青空が、すこし恨めしかった。


マンションに着いてポストを覗くと、郵便物がごっそり溜まっていた。それを持って六階へ昇り、チャイムを鳴らすと、

「あ、どうも」とコーキ君が顔を出した。

「えっ、なんで?」

「留守番です。カンタローさんは二泊三日で四国へお参りに行きました。お上がりになりますか」

「あっ、うん」

カンちゃんの部屋はあいかわらずガランとしていて、床に置かれたコーキ君のバックパックと、テーブルの上のマックブックだけが目についた。

「カンちゃんに頼まれたの?」

「はい。お酒をこぼしたり、鍋を焦がしたりしちゃったから、掃除のアルバイトをしないかって。面白そうなので引き受けました。静かでいいところですよね。僕も借りようかな。家賃い

くらだろう」

「十五歳でセカンドハウスかよ」

「学校の外にあまり居場所がないんです。図書館もマックも自分の部屋も飽きたし。そういえば先ほどはＬＩＮＥありがとうございました。予期悲嘆について調べたところ、短期的には認知症みたいな症状が出ることがあるみたいですね。カンタローさんも『僕、ボケちゃったかも』と仰っていました」

「ほかに何か言ってた？」

「お遍路をダイジェストで回ってくるって。先ほど写真が届きました。ご覧になりますか」

コーキ君がスマホを見せてくれた。カンちゃんは白衣《びゃくえ》を着て、菅笠《すげがさ》をかぶり、手には金剛杖《こんごうじょう》を持っていた。どこかの寺の前で自撮りしたものらしい。

「まるでコスプレだな」

多動的で注意力散漫だった少年時代から、カンちゃんはこの手のプチ出奔《しゅっぽん》をくり返してきたのだろう。ああ見えてカンちゃんには自己精神科医みたいな一面があるから、いまの自分には転地療法が必要だと判断したに違いない。お美代さんのことはもう神頼みしかない、という気持ちもわからないではなかった。

「あ、小野さんもこちらに向かわれるそうです」とコーキ君がスマホを見ながら言った。

その前に僕には話しておきたいことがあった。

「あのさ。突然だけどうちも母子家庭で、俺が三歳のときに両親は離婚したんだけど、そっちは？」

「うちは十一歳のときです」

コーキ君は質問の真意を探るように、めずらしくじっと僕を見た。

「その時どう思った？」

「中学受験には小五のカベがあると言われていて、一気に難しくなり宿題も増えるので、こっちがたいへんな時期に離婚とかすんなよ、と思いました」

「それだけ？」

「ええ、まあ」

「どんなお父さんだったの」

「どんなって……金融系です。外資系の投資銀行」

「やっぱり東大とか？」

「はい」

「もしかして、筑駒？」

「はい」

僕は苦笑いした。やはり知能は遺伝するから「やればできる」はウソだ。

「最近、会ってないんだってね。なんで？」

「面倒くさいんです。基本偉そうだし、『オンライン講義なんか聴いてないで、リアルにハーバード目指せ』とか言うし。もう親権ないんだから説教とかすんなよ、と思いまして」

コーキ君は少年らしさの残る面差しに、持っていき場のない感情を浮かべた。

「俺はおやじの顔も知らないからあれだけど、そういうのってやっぱりウザいの？」

「はい」

「じゃあ母親は？　あけみ先生は偉そうなこと言わなそうじゃん」

しばらくコーキ君の応答を待ったが、口を開く気配はなかった。

「うちなんか結構な貧乏でさ。喧嘩してるヒマもなかったから、反抗期らしい時期もなかったよ。去年母親を亡くしたときは辛かった。だけどそんなとき思うのも、『もっと話しとけばよかったな』とか、『もっと一緒にメシ食べとけばよかったな』とか、その程度のことなんだよ。メシなんか死ぬほど一緒に食ったっつーのに。だから君の言う通り、コスパ悪いのかもしれないな、家族って」

コーキ君は無言のままだった。でも頭のいい彼のことだ、僕がトータルとして何を言いたいのかは察知しているだろう。へたしたら僕よりもクリアに。

「新聞社で人生相談の欄を担当してる記者に聞いたことがある。『膨大な投書を読んでいると、人生の苦しみの九十八％は人間関係に起因すると気づかされます。家族、友人、仕事関係。これが人を苦しめるんですね』。君の友人家族不要論を補強するビッグデータだよな。たとえば誰かを好きになって、いつか喪失《ロス》に苦しむくらいなら、はじめから好きにならなければいい。歓びは少ないかもしれないが、哀しみも少なくて済む。それがいちばんコスパのいい幸福論なんだ、って説は成立するのかな？　仙人ってそういうことだろ。べつに批判してるわけじゃないんだ。君の意見を聞かせてくれ」

僕は十五歳の明晰な頭脳に期待を寄せた。するとコーキ君は少しもじもじしたあと、つぶやくように言った、愛があればいいんじゃないでしょうか、つまりニーチェの言う運命愛《アモール・ファティ》のことです、と。

「なにそれ？　わかりやすく教えて」

「運命愛《アモール・ファティ》とは、あるがままの自分の生を肯定することです。自分の人生で起きるあらゆる困苦や悲嘆を受け入れ、それらを丸ごと愛することです。たとえば誰かを好きになることで、自分の人生がより愛おしくなるなら、いつか喪失《ロス》がくることも込みで、愛せばいい。喪失《ロス》すら愛せとニーチェは言っているのです。それが超人になるために必要なことであり、人は超人にならない限り、恨み節《ルサンチマン》で生きるよりほかない、と」

僕はコーキ君を睨むように見つめた。この少年は、引用の達人かもしれないと思った。ニーチェｂｏｔから拾った言葉を頭の片隅に収録しておき、ふさわしいタイミングで引っぱり出してくることは、できるようで出来ない芸当だ。

僕はアスパー・ガールと過ごした短い日々のことを思い返した。僕が彼女を好きでいることを彼女が許してくれていたあいだ、たしかに僕は自分の生を愛おしく感じていたように思う。そのことに気づかないくらい自然に。だが僕が彼女を好きでいることを彼女が許してくれなくなったとき、僕の花は凋《しぼ》んだ。また一人の凡夫に戻ってしまったのだ。喪失《ロス》すら愛せだって？ ニーチェも無理を言う。どうやって？

小野が到着した。われわれはカンちゃんのケア政策について語り合った。主に当番制の導入が検討された。

コーキ君がトイレに立つと、小野がすばやく僕の耳元でささやいた。

「わかったよ、コーキ君の秘密が」

詳しく聞き出そうとしたら、コーキ君がドアを開け、「LINE……」と青ざめた顔で告げた。見ればカンジュニから、ケア同盟のメンバーにメッセージが入っていた。

「容態急変。母、危篤です」

第6話

治りたくない、とカンちゃんは言った。もしこの苦しみがなくなったら、お美代さんがもっと遠くへ行ってしまいそうだから。それくらいなら、この苦しみとずっと共にいたいとカンちゃんは言った。

懸命に薪《まき》をくべてきたお美代さんの命が燃え尽きてからというもの、カンちゃんの生きる気力はがらがらと音を立てて崩れていった。

めざすは一つ、呑み死にだという。

葬儀のあと、事務処理の手伝いを頼まれて、ちょくちょくマンションを訪ねた。カンちゃんはたいていフローリングにあぐらを掻《か》き、焼酎を呑んでいた。昔から酔うと地べたに座るクセがあったけれど、いまフローリングで起居を始めたのは、ダイニングテーブルがすっかりお美代さんの祭壇と化したから。

まず、テーブルの真ん中にお美代さんの遺影。二十代後半くらいだろうか、ミステリアスな微笑が聡明で魅力的だ。その周りをお宝のように遺品が取り巻く。指輪、ネックレス、ウイッグ、ヘアゴム、ニット帽、コンパクトミラー、入れ歯、マニキュア、ストール、結婚式や家族旅行の写真フレーム、リップクリーム、肌着、靴、iPhone、その充電器、キーホルダーのついた鍵、吸い口、包帯、最後まで病室の枕元にあったという握力グリップ、水晶玉、愛用のボールペン、マグカップ……。

焼酎の空き瓶に挿した花もそこらじゅうに飾られている。カンちゃんはふと思い立つと、花を買いに出掛けているらしい。挿しっぱなしなので枯れかけたものも多いが。

壁にはお美代さんが生前葬で着た白いドレスが掛けられていた。その隣にはカンちゃんがお遍路で身につけていた白衣、菅笠、杖の三点セット。数十年前にウェディングドレスとタキシードを着た二人はこんな終幕を迎えました、と言わんばかりのディスプレイだ。

以上がお美代さんの祭壇の全景である。全体として統一感に乏しく、サイケデリックだった。カンちゃんは一日じゅうこれと向き合って呑んでいる。人が酒を呑んでいるのではない。酒が人を呑んでいるのだ。

カンちゃんは素面《シラフ》に戻ることを怖れているみたいだった。素面に戻ったら自分のコントロールが利かなくなってしまいそうだから。定年送別会で「結局、人生に必要なのは狂気なんだぁ！」と叫んだ人が、いま、本当に狂気へ踏み出しかねない自分を、アルコールで必死に足止めしている。僕はこの事態をそんなふうに解釈した。この時点では僕も、カンちゃんの呑み死にを阻止したいと思っていたのだ。

病院に夏子さんを訪ねた。状況を説明して指示を仰ぐと、「友だちでいてあげてください」

と言われた。

「最終的には本人の〝立ち直ろう〟という意志が立ち上がってくるのを待つしかありません。でもそこに行くまでに、心の中を打ち明けられる相手が側にいることが大切なんです。だから友だちでいてあげてください。日にち薬という通り、悲嘆《グリーフ》ケアの最高のクスリは時の経過です。苦しく、つらい時間をやり過ごすことができれば、必ず治ります。悲しみにも時効があるのです。ただし、先にお酒で体をやられてしまうかもしれません。だから時間との闘いです」

「予期悲嘆が強くても、実際の悲嘆が軽くならないというのは、本当だったんですね」

「はい。じつはあけみ先生から『あの子がカンタローさんの壊れた姿にショックを受けてるみたい』と聞いていたので、なんとなく想像はついていました。でも、ここまでとは思いませんでした」

「コーキ君、ショックを受けてるんですか⁉」

「みたいです」

「それは知らなかったな」

コーキ君は週一でカンちゃんの部屋のハウス・キーピングのアルバイトを続けていた。でも僕らが顔を合わすことはなかった。訪問日は当番制だったし、社会科のレポートも提出済みだったからだ。

「よくわからないのですが、人は『よし、呑み死にしよう』と決めて、実際に死ぬまで呑めるものですか」と僕は訊ねた。

「どうなんでしょう。でもカンタローさんの本当の望みは、もっと違うところにある気がします」

「というと？」

「わかりません。ただ、本当の願望に本人も気づいていないというのは、よくあることなんです」

　七十三歳の男が胸の奥に秘めた願いとはなんだろう。若い頃に戻りたいとか、あの場面からやり直したいとか、その手のことだろうか。それなら僕が**本当の自分の人生を起動させたい**と願っていることとあまり変わりない。もし世の大多数の老人がそんな願いを秘めているとしたら、やはり「本当の人生」なんてどこにもないのではないだろうか。人生が二度あれば、と思ったことのある人は、仮に二度目があったとしても三度目、四度目を欲するのではないか。

　そんなことを考えて、目の前の女性をぼんやり見つめた。おそらく夏子さんはこんな空想に時間を費やすことはないだろう。患者のさしせまった悲嘆《グリーフ》を自分のところでがっちり食い止める守護神《ゴール・キーパー》みたいな人だから。

「強いですよね、夏子さんたちって」

「えっ、わたし？」

「あ、すみません、馴れ馴れしい言い方をして。でも看護師さんたちを見ていると、本当に強い方たちばかりだなぁ、と思うことがあるものですから」

「ヤですよね、強い女なんて」

思いがけず、夏子さんが淋《さび》しそうな地顔をのぞかせた。

「でも看護師だって自責の念や無力感に襲われるんですよ、患者さんを亡くすと。だからわたしたち、強くなっちゃうんです。でも、肉親を亡くすのとはやっぱり違います。たしか吉井さんも――」

「はい。昨年、母を亡くしました」

「お辛かったでしょう。よく立ち直られましたね」

「いや、どうなんでしょうね」

自分が立ち直ったのかどうかは、わからなかった。カンちゃんの落ち込みぶりを見ていると、自分がきちんと悲嘆に向き合ったのかもわからなくなってくる。

いつだったか、カンちゃんに言われた言葉を思い出した。

「僕も母親を亡くしたときは辛かったけど、腹括りなよ。四十歳からは速いぞ。幸福なんか見つからなくたって、腹の括り方次第では幸福になれるんだ」

腹を括るにはどうすればいいのだろう。括れるものなら括りたいけど、括り方がわからない。喪に服すとか、腹を括るとか、運命愛とか、どうして大切なことは曖昧なものばかりなんだ。答えろ、誰か。

田町駅で降りて、カンちゃんのマンションへ向かう途中、公園の木の根元にくすんだ動物がいると思ったら、カンちゃんだった。お遍路みやげの菅笠をかぶり、地べたでビールを飲んでいる。

「ピクニック日和ですね」

　後ろから声を掛けると、カンちゃんはちらりと僕を見上げ、ノラ猫同士が簡単に挨拶を済ませる時のように「やあ」と言った。

　僕も隣に座った。菅笠に大きく墨書《ぼくしょ》された「同行二人」の四文字が目の前にくる。

「前から気になってたんですけど、この同行二人《どうこうふたり》？　ってどういう意味ですか」

「これは同行二人《どうぎょうににん》って読むんだよ」

「どうぎょう、ににん」

「お遍路さんで八十八ヵ所を巡っているあいだ、わたしは一人じゃありません、いつでも弘法大師《こうぼうだいし》さまと一緒です、っていう意味」

「なんだ、そういうことか」

「なんだはないじゃない。クルマも電灯もない時代に、全部で千四百キロの道のりを四十日かけて歩いたんだ。山賊や追い剝ぎも出る。怖くてキツかったと思うよ」

「カンタローさんは何ヵ所巡ってきたんでしたっけ」

「十二ヵ所。レンタカーでね。二泊にしちゃ上出来だって褒められたよ」

「木の根元で話すのもなんですから、そこらへんでお茶でもしませんか。お遍路の話、もう少し聞かせてください」

「オーケー」

近くに僕ら向きの喫茶店がなかったので、仕方なくお洒落なテラスなんかがついてるカフェに入った。

「いらっしゃいませ」

百点満点の笑顔で迎えてくれた女の子が、菅笠を持った酒臭い老人に一瞬困ったような表情を浮かべた。

「あそこでいいです」

僕は案内される前に、いちばん目立たない端っこの席に向かった。

カンちゃんは席につくとリュックからお美代さんの写真フレームを取り出し、テーブルに飾った。いつも持ち歩き、外食するときはこんなふうに飾るのだそうだ。

さすがにお美代さんのために飲み物を注文することはなかったが、カンちゃんはカフェオレを一口飲んで、

「結構うまいよ、これ」

と僕にではなく、お美代さんに向かって話し掛けた。「近くにこんなお店があるなんて知らなかったね」。ええ、ほんとに。

カンちゃんはお美代さんと同行二人することで正気を保っているのだろうか。昔の人が「お大師さまと同行二人しているのだ」と思い込むことで恐怖や寂しさを紛らわせたように。カンちゃんの場合、その幻影を見るためのクスリが酒なのかもしれない。

「お遍路の続きには行かないんですか」

と僕は訊ねた。「たしか何回かに分けて制覇してもいいんじゃないでしたっけ」

「区切り打ちってやつね。お遍路ではお参りすることを『打つ』って言うんだけど、八十八ヵ所を打ち終えれば結願《けちがん》、つまり願いが成就《じょうじゅ》するとされてるの。むかしは四国が遠かったから、一度で全部回っちゃう〝通し打ち〟が多かったみたいだけど、いまは区切り打ちの方が多いね」

「その区切り打ちに行ったらどうです。十三番目の寺から」

「もう、頼み事もないよ」

カンちゃんはお美代さんの写真を見つめ、静かにカフェオレをすすった。

「でも奥様の供養のために、残りを巡るのもいいと思うけどなぁ」と僕は言った。

くりかえすが、この時点では僕もカンちゃんの呑み死にを阻止しようとしていたのだ。でもカンちゃんは僕の提言を無視した。話の接ぎ穂をうしない、しばらく沈黙していたら、突如カンちゃんが涙を滲ませた。

「いい歌だよね、これ。僕の一万曲リストにも入れたんだ」

言われて耳を澄ませると、「ひまわりの約束」が流れていた。たしかドラえもんとのび太の関係を歌ったものだ、くらいの知識しか僕にはなかった。

「♪ガラクタだったはずの今日が　ふたりなら　宝物になる」

「♪そばにいたいよ　君のために出来ることが　僕にあるかな」

このあたりの歌詞がカンちゃんに刺さったらしかった。

「若い頃、お美代さんに言われたことがあるんだ。『あなたの仕事ぶりは尊敬に値する』って。もう、嬉しくてさ。その場でプロポーズしたよ。ガラクタみたいだった僕にそんな言葉をかけてくれる女性がいるなんて、夢にも思わなかった。それなのに僕は……」

カンちゃんは試合に負けて悔しがる少年のように、袖で目許をぬぐった。その姿はどこかしら胸を打つものがあった。

「カンタローさん。呑み死に遍路、やりませんか？」

ぴくっ、とカンちゃんが動きを止めた。

「残り七十六ヵ所ですよね。いま、ちょうどそれくらいの酒がT社の会議室にあります。これを一日一本ずつ空けていくんです。七十六日間、無事に呑み終えることができたらめでたく結願、きっぱり酒をやめましょう」

「打ちは打ちでも、角打ちか」

「そのとおり。不肖吉井、及ばずながら同行させて頂きますよ」

言いながら、自分なりのちょっとした腹の括り方を見つけた気がした。「なんかモヤモヤしてたんですよね、僕も。母や片思いをきちんと弔ってなかったなって。このモヤモヤを呑み払います。死ぬ気で呑みましょう」

「よしッ、やるか！」

カンちゃんがテーブルに体を乗り出した。

僕はケア同盟のメンバーに通告した。

「本日より、カンタローさんとわたしは七十六日間の酒呑み遍路に出ます。布井さん、会議室にある酒を全て譲ってくれませんか。一日一本、これを空けていきます。見事巡り終えて結願となるか。先にカンゾーをやられてお陀仏するか。何卒ご声援のほどをよろしくお願いします。なお、二人で空け続けるのはきついので、皆様の参加を心よりお待ちしております。毎日十七時、カンタロー邸にてスタート。夜露死苦《よろしく》、南無大師返上金剛！」

布井からすぐにOKの返事がきた。「遍照金剛な」ときっちり校正も入って。

僕はT社へ酒を取りに行き、とりあえず五本だけ持ち帰った。

記念すべき一本目は「十四代」の「七垂二十貫《しちたれにじっかん》」。二人でお美代さんの遺影に手を合わせて、厳粛に開封する。僕らは一口つけて唸った。うまい。さすがはいま最も入手困難といわれる酒だ。

それから僕とカンちゃんはあまり言葉を交わさず、黙々とグラスを傾けた。酒が入れば沈黙も饒舌になる。二人とも頭に浮かぶ由無しごとを出迎え、応接し、見送るだけでそれなりに忙しかった。

小一時間後、われわれは瓶の半ばでギブアップした。僕はもともと酒量があるタイプではなく、カンちゃんも朝から呑んでいるからグイグイとは進まない。

「一升は無理ですね。ルール変更しましょう」と僕は言った。「一日一本、封を切ったらよしとする」

「うん、そうしよう」

「じゃあ明日も五時に来ますんで、それまではなるべく呑まないで待ってて下さい」

「了解。でも今日の酒は旨かったね。味わい深いのに透明感があって、まるで谷川俊太郎《たにかわしゅんたろう》のポエムみたいな酒だったよ」

僕はお美代さんの遺影に頭を下げて部屋を出た。

もうすっかり暗かった。この界隈は夜になると独特の寂しさがある。とくにカンちゃんのマンションから駅までは暗い道が続き、男でも薄気味悪い。でもすぐに慣れるだろう。なにせ残り七十五日間、毎日この道をお遍路するのだから。

「ほんまかいな」

思わず声に出してつぶやいた。実際に一つ目の寺を参拝し終えた巡礼者も、こんな気持ちだろう。無灯火で千四百キロを踏破するのと、八十本近い酒に口をつけるのと、どちらがキツいだろう。夜道に山賊の心配がないぶん、こちらの方が楽かもしれない。


二日目の酒は「飛露喜《ひろき》」。やはり入手が難しい福島《ふくしま》の会津《あいづ》の酒である。

この日はスタートから小野も参戦、近くのスーパーで刺身を買ってきてくれた。

乾杯して三人同時に「旨い!」。やはりこの一言であった。

「カンタローさん、この酒のご感想は?」と僕は訊ねた。

「万人に愛される美人だね」

「つまり、人見知りしない酒ということ?」

た。

「ところで昔から気になってたんだけど、この純米大吟醸ってどういう意味?」と小野が言った。

「なんだ、そんなことも知らないのか」

僕はつい最近まで自分もよく判っていなかったことを隠し、ムックづくりで得たにわか知識を披露した。

「純米ってのは、お米百%でつくった酒のこと。つまり醸造用アルコールが入ってないピュアな酒だ。大吟醸ってのは、お米を一粒一粒半分以下まで削って雑味をとりのぞき、旨い心白部分だけを使ってじっくり低温で仕込んだ酒」

「要するに、高い酒ってこと?」

「簡単にいえばな。米を磨いて手間を掛ければ、旨くて高い酒になることは間違いない。たとえばきのう呑んだ十四代の七垂二十貫って酒は、二十貫、つまり七十五キロの米から七滴しか酒が取れない贅沢な酒ですよ、という意味がこめられている」

「なにそれ。呑んでみたい」

「そこに残りがあるから勝手にやってくれ」

「うん、あとで貰うわ」

カンちゃんは会話に割り込んでくる気配もなく、お美代さんの祭壇を眺めて、こっくり呑んでいた。それに気づいた小野が「カンタローさん、今日は今まで呑《や》らなかったんですか」と盃を傾ける仕草をした。

「うん、缶ビール一本だけ」

「よく我慢しましたね」

犬じゃないんだから、と返したのはゲスト小野に対するせめてものお愛想だが、気分のノリがないからいまいち弾けない。

三人がかりでも一升瓶は空かなかった。僕らはお美代さんの遺影に一礼し部屋を出た。

エレベーターの中で小野が言った。

「カンタローさん、元気なかったな」

「ずっとああだよ。今日はマシなほうだ」

「でも毎日呑んでたら、ほんとに呑み死にしちゃわない？」

「なんか、それでもいい気がしてきてさ。じつはカンちゃんが呑み死にしちゃいけない理由って、なくない？　お美代さん亡き世に未練はないし、酔ってるあいだはお美代さんを近くに感じられて嬉しい。だから呑み続けて死ぬ。筋が通ってるよ。思想なき健康延命志向より、よっぽど。だったらここはひとつ、一緒に腹を括るのがフレンドというものではないかな、と」

「本気？」

「七割方。三割はまだ迷ってる。でもさ、七十三歳の男やもめに『寂しくても、できる限り健康で長生きしなさい』って誰が言えるよ？」

「たしかに」

「まあ、呑み死にがコスパのいい生き方でないことは確かだがな」

「ははは。そのコスパ・ボーイの件はどうなった？　お袋さんにそれとなく伝えたの？」

「まさか。放っときっぱなしだよ」

「コーキ君、ボヘラプ観に行ってたよ」

「そう。じゃ、俺も観に行くかな」


お遍路三日目は布井が「居酒屋カンちゃん、開店おめでとうございます！」と撮影で使った酒器類をたくさん持ってきた。小野も連日の参戦となり、サバ缶を差し入れてくれる。

「それでは本日のお酒を発表します」

と僕は言った。「本日は、『磯自慢』。静岡《しずおか》の焼津《やいづ》のお酒です」

ほう、と意外そうな声が上がった。太平洋の温暖な気候と、寒造りの日本酒というイメージがうまく結びつかないらしい。じつは僕もそうだった。だがそれも呑むまでだった。

「うまっ！　静岡にこんな旨い酒があんのか」と布井が唸った。

「ほんとに」と小野が続く。

僕は解説した。

「いまは吟醸造りの技術や設備が充実してるから、日本中どこでもレベルの高い大吟醸が造れる。静岡が吟醸王国の一つになった理由は、静岡酵母の開発も大きかった。やっぱりその土地や蔵に根ざした酵母があると、いい酒が造れるんだよ」

「詳しいな」と小野が言った。

「一夜漬けだよ。誰かさんが『ムックのコラムもお前が書け』って言うから」

「ライターの鑑《かがみ》ですな」と布井《だれかさん》が冷やかす。

「いかがです、カンタローさん。この酒の感想は」と僕は訊ねた。

「うん。吉井くんの解説を聞いて、静岡の人のまろやかな人柄を思い出したよ。それが酒にも溶け込んでるね。静岡の人って、悪い人がいないんだ」

「またまたぁ。そんなことないでしょ」と布井が言う。

「いや、ほんとだって」

「絶対いますよ」

「じゃ、誰さ」

「徳川《とくがわ》……家康《いえやす》？」

「古っ！」

「てか、あの人愛知《あいち》だし」

「温泉で言えばさ――」

とカンちゃんはグラスの中の液体を光にかざした。「アルカリ性のやさしいお湯って感じかな。磯自慢ってラベルもいいね。見てるだけで潮の香りがしてくるよ」

「なるほど」

と妙に布井が感心している。それなら僕も自説を披露せねばなるまい。

「僕に言わせるとこうです。漁村の網元《あみもと》の娘の祝言《しゅうげん》が決まって、漁師たちがお祝いを述べに来る。網元は『おう、よく来てくれた。上がれ上がれ』と座敷にあげて振舞い酒を出す。そのとき漁師たちに『こんな旨い酒を出すなんて、さすが網元だねぇ』と言わせるための酒です」

「それだよ！」と布井が叫んだ。

「なにが？」

「吉井くんが、ムック本の酒につけた試飲コメントのこと。悪くないんだけど、伝わらないんだよね。『ピリッと酸がきいてて、旨味もひろがるのに、後味はすっきり』って伝わる？　どうせネットから拾ってきたコメントでしょ」

「ええ、まあ……」

「『ふっくらとした華やかな香り』も『芳醇な味わい』も、ぜんっぜん伝わらないんだよね。だったら今みたいに『温泉でいえば』とか、『網元が娘の結婚式で』とかの喩えの方がよくない？　どうせ味なんて文字じゃ伝わらないんだし。原稿の差し替えはまだ間に合うから、ここでじゃんじゃん呑んで、みんなで感想を述べ合おうよ」

まったくもって賛成だった。キャプションを書きつつ、実は全く味の想像がついていなかった。それに昔から酒中吟《しゅちゅうぎん》といって、酒を呑んでいる最中はいい詩が生まれるという。これから毎日、居酒屋カンちゃんでキャプションの酒中吟をするのだ。

「というわけですからカンタローさん、期待してますよ」と布井が言った。「なにせ吉井くんはいつも言ってるんですから。『あの人は思いつきの天才だ』って」

「もうちょっと上手におだててよ」
「カンタローさん、十四代は谷川俊太郎のポエムみたいな酒だってよ」と僕が教えると、布井は「それそれ！　そういうのが欲しいんです」と手を叩いた。カンちゃんが嬉しそうな顔をした。一瞬、この時間がずっと続けばいいと思った。酒は友情をも醸すという。

僕の悪い癖で、ヒット中の映画はロングランが終わりに差し掛かったころ観に行く。今日も、かろうじて朝イチだけ上映している『ボヘミアン・ラプソディ』を新宿まで観に行った。英国のロックバンド「クイーン」のボーカル、フレディ・マーキュリーを主人公にしたものだ。

ラスト、フレディが「ボヘミアン・ラプソディ」を歌うところで涙が出た。僕なんか生まれて来なきゃよかった、というフレディ少年の魂の叫びと思えたからだ。十代で自分が同性愛者であると気づくことは、どれほどの孤独を彼にもたらしただろう。

コーキ君もそうに違いない。

あるとき小野が、コーキ君の鞄の中にマニキュアを見つけた。そしてスマホの中に英語圏のアプリも見つけた。世界中の人びとに質問できるお悩み掲示板みたいなもので、特にLGBT関連のやり取りに強いアプリだという。小野は同じものをダウンロードし、「Japanese」「Tokyo」「boys' school」「fifteen」など、コーキ君にまつわるあらゆるキーワードで質問検索をかけた。それとコーキ君のハンドルネームの癖みたいなものと合わせ、彼のアカウントを特定したという。

コーキ君はこんな質問をアップしていた。

「僕は日本の男子校に通う十五歳の同性愛者です。女装にも興味があります。同級生に好きな男子がいるのですが、気持ちを打ち明けられません。自分が同性愛者であることを学校中に知られるのが怖いのです。彼のことを想うと夜も眠れず、頭がおかしくなりそうです。どうすればいいでしょうか？」

この質問には、世界中の同性愛者や女装家《ドラァグクイーン》から励ましの声が届いているという。コーキ君はその全てに達者な英語でお礼しているそうだ。

苦しい青春だろう。

ただでさえセクシャリティは思春期の主題なのに、異性愛者《ストレート》じゃないというだけで、その苦しみは倍加されるかもしれない。コーキ君の感情タンクはすでに満杯なのだ。だからコスパを重視し、母親と断絶し、仙人を志望しているのだ。これ以上の負荷を掛けられたら壊れてしまいそうだから。ママ、僕なんか生まれて来なきゃよかったと思うことがあるんだ……。

お遍路九日目は日曜日で、布井と小野が揃って顔を出した。日曜の夜に特有の、あのまったりした空気が嫌で家にいたくないのだが、行き場所もない。そんな男たちの溜まり場になったみたいだ。

早くもつまみがグダグダになってきた。スーパーの刺身や缶詰の差し入れがあったのは今や昔。この頃ではみんなが面倒くさがり、ミカンや食パンの余り、または流しの下のカレー粉を砕いたもので間に合わせるようになった。

これがまた、いけなくもないのだ。いい酒はつまみを選ばないということを我々は発見した。そしていい酒は悪酔いもしない。こちらにも酒品《マナー》を要求するからガブ呑みできないし、抜けもいいのだ。

この日の銘柄は「七本槍《しちほんやり》」。琵琶湖《びわこ》の北で戦国時代から続く酒蔵だ。

これを燗酒にするため、卓上コンロでお湯を沸かした。

そこに徳利を浮かべてしばらくすると、ほんのりと米の香りが立ちのぼってくる。「あち」とつぶやきながら注ぎ合う。呑みだす直前の、皆の期待にみちた少年のような眼差しが眩しい。ぽってりしたグイ呑みから一口ふくみ、舌で二秒のドラマを味わったあと、嚥下《えんげ》する。一日かけて心身にまとわりついた塵埃《じんあい》が一緒に洗い流されてゆくのを感じる。

「いやぁ、うまい」「うまいですね」「やっぱりお燗だな」と歓びの言葉が口をついて出る。

しくじる人も多いので誤解されがちだが、じつはお酒というものは、心を豊かにしてくれる、貴い命の水なのではあるまいか。角《カド》がとれて澄明《ちょうめい》になった心でそんなことを思う。酒に救われることを期待するのは、そんなに愚かなことだろうか。

「カンジュニ、来ませんね」

僕は柔らかな気持ちに包まれてカンちゃんに訊ねた。

「あいつ、酒飲まないから」

「大丈夫かなぁ」

ずっと母親の介護をしてきたカンジュニこそ、悲嘆《グリーフ》ケアが必要だろう。カンちゃんは手酌しながら「僕、あいつのこと大好きなんだよ」とちょっと他人っぽく言った。「あんなに優しい奴いないよ」

「そんなに優しいんですか」

「うん。お美代さんはあいつがお腹にいるときから『優しい子に育ちますように』って祈ってたんだけど、最期は病院のベッドの上で泣いてた。『わたしが願を掛けたせいで、優しく育ちすぎた。あれじゃ生きていくのが辛いだろう』って」

みんなの視線がお美代さんの遺影にあつまった。そこには全ての苦悩や心配から解放された人が微笑んでいた。もう何も喪失《ロス》しない彼女の絶対的境地が、すこしだけ羨《うらや》ましかった。死者にすら羨望《せんぼう》しかねない僕は、なんと充たされない気持ちを抱えて生きていることだろう。

「ところで今日の酒の感想は？」

僕はメモを取り出してカンちゃんに訊ねた。

「そうだね、熱燗のときはガツンと手強い感じがしたけど、すこし冷めてからは長年連れ添った女房の味がしたかな」

「クセも熟《な》れてくると愛おしい。さりとて老《ひ》ねた感じもない。そんな感じですか」

「うん、そんな感じ」

フローリングに『古今東西名言集　１０００』があった。僕が「読んでるんですか？」と訊ねると、カンちゃんは「ときどき、パラパラね。時間だけはあるから」と言った。

この時点では気づけるはずもなかった。

まさかカンちゃんがあんなことを考えていたなんて。

十四日目。布井がデザイナーさんに作ってもらった「居酒屋カンちゃん」のロゴを持ってきて壁に貼る。今日の酒は奈良《なら》の「風の森」。店頭に並ぶと即完売する爽やかな酒だ。カンちゃんのコメントは「二十七歳で真打ちに昇進しちゃったイケメンの人気落語家」。

水面下では、すでに感情の発酵が始まっていたのだ。

ぶくぶく、ぶくぶくと。

十八日目。カンちゃんと二人きり。酒は秋田《あきた》の新政《あらまさ》酒造の「エクリュ」。コーキ君に「たまには顔見せてよ」と誘いを入れると、「今日は用事があるので近いうちにお邪魔します」。

発酵が終わったあと、しぼり落とされる吟醸のひとしずくには、
万感の想いが込められている。

二十二日目。雨降りのなかマンションへ向かいつつ、いつのまにかカンちゃんの朝酒と昼酒が止まったことに気づく。

そして想いは、不純物を沈殿させ、

より澄んだ境地へと、おのれを熟成させていく。

二十三日目、風邪で初の欠席。小野から「鳳凰美田《ほうおうびでん》」の雫取《しずくど》りを開けたと連絡がくる。雫取りとは、吊るした酒袋からぽたぽた落ちてくる雫だけを集めた特別高級バージョン。呑んでみたかったが、いい休肝日になったと自分を慰める。

この時点では、気づけるはずもなかった。

まさかカンちゃんがあんなことを考えていたなんて。

そして二十九日目を迎えた。

この日はお美代さんの四十九日にあたる。僕とカンちゃんが「鍋島《なべしま》」の純米大吟醸で一杯はじめた十七時過ぎ、あけみ先生と夏子さんがお線香を上げにきた。

「あら、居酒屋カンちゃん。にぎやかですね」

とあけみ先生が壁のロゴを見てオフタイムの笑顔を浮かべる。カンちゃんも「毎日がお通夜です」と笑顔で返す。二人はハンドバッグから数珠《じゅず》を取り出し瞑目《めいもく》を捧げたあと、幾ばくかのお包みを祭壇に置いた。

「気を遣って貰っちゃってすみません。さ、こちらで一杯どうぞ」とカンちゃんがうながす。

「でもお酒は……」

あけみ先生が遠慮がちに言った。アルコールが苦手なのだろうと思い、

「もし日本酒があれでしたら、これなんかどうです」

と僕は「生《き》もとのどぶ」を開けた。白濁した日本酒で、炭酸水で割ると呑みやすくなる。

「カクテルみたいにイケるはずです」

と割ったものをグラスで差し出すと、二人は「それじゃ少しだけ」と口をつけた。

「おいしい！」とあけみ先生が言った。

「でしょ？」

「これ、本当に呑みやすいですね」と夏子さん。

「うん。のどが渇いてたからグイグイ行けちゃう」

やはり女性客がいると場が華やぐ。あけみ先生は二口で呑み干し、僕らのグラスを見て、

「あら、そちらは？」

「鍋島です。世界的に有名な佐賀《さが》の酒ですが、中でもこのブラックラベルは最高級ラインです」

「まあ！」

あけみ先生の目が、十《テン》カラットのダイヤモンドを前にした時のように輝く。

「召し上がりますか」

「ええ、すこし頂いてみようかしら」

僕は鍋島を注ぎつつ、「むかしの人は濁り酒を賢人に、清酒を聖人に喩えたそうです」とコ

ラム書きで得た知識を披露したが、二人はまったく聞く耳もたず、

「きゃー、おいしい！」あけみ先生が高い声をあげた。

「ほんとに！　こんなお酒あるんですね！」と夏子さんも血色がよくなっている。

あけみ先生が「あっちにもまだたくさんあるわね」と壁際に並んだ一升瓶に目を走らせた。

これまでの呑み残しや、今後のストックだ。僕は恐るおそる訊ねた。

「先生、いける口なんですね」

「若いときは一升呑んでも平気でした」

「先生、すご〜い。わたしなんてせいぜいその半分」

すごいねこりゃ、とカンちゃんが僕の耳元でささやく。居酒屋カンちゃんの日本酒の品揃えは現状おそらく日本トップクラス。二人はその銘酒を片っ端から呑んでいった。

「吉井さん、彼女いないの？」あけみ先生が据わった目で訊ねてきた。

「はい、残念ながら」

「淋しくない？」

「もう慣れちゃいました」

「そんなこと言ってると、ほんとにずっとできないよ」

「かもしれませんね」

さっさと次の話題に移って欲しかったのに、

「彼は昨年、漫画家さんに失恋したんです」

とカンちゃんがアシストを出してしまう。するとあけみ先生は僕を睨みつけて、

「なによ。一度フラれたくらいで『はい、そうですか』って諦めちゃったわけ？」

「いや、その女性は重度のアスペルガーでして……」

「アスペ？　だから何よ」

「つまりその、なかなか難しいところがあるんです」

「何言ってんの。知ってる？　アスペの娘《コ》は一途なの。いちど吉井さんのことを好きになったら、一生好きでいてくれるよ。だいたい、相手が振り向くまで何度でもアタックするのが男ってもんでしょうに」

「まあ僕のことはそれくらいにして、このところコーキ君の様子はいかがですか」

「あいつか」

あけみ先生が口を尖らせた。

「あいかわらず見ざる、言わざる、聞かざる。お前は日光《にっこう》の猿かっつーの。わたしは家事をするだけの透明人間の家政婦。ほんと、母親を無視するとかあり得ない。女手ひとつで育ててやってるのに一体なにが――」

そのときコーキ君が「こんにちは」とドアをあけて入ってきた。あまりのタイミングの良さに僕らは凍りついてしまった。

気まずそうに固まったのはコーキ君も同じ。

「また来ます」

と背を向けると、あけみ先生が、

「待ちなさい、コーキ！　あんた、いつもそうやってわたしのことを避けて、いったい何が気に喰わないって言うの！」

コーキ君はドアノブに手をかけたまま動かなかった。

「言いなさい、コーキ！」

「言わなくていいぞ、コーキ君！」

僕はつい被せるように口走ってしまってから、あわてて手を合わせて、あけみ先生に目で謝った。あけみ先生はぽかんと口をあけた。

でも、言えるわけないじゃないか、母親に。

僕は同性愛者であることに悩んでいますだなんて。

出て行ったコーキ君のあとを追い、一緒にエレベーターで下まで降りた。近くの公園へ誘うと、コーキ君はおとなしく付いてきた。僕らは運河が見おろせるベンチに腰かけた。

「連絡、入れたんですが」とコーキ君が蚊の鳴くような声で言った。

見ると確かに「あとでお線香をあげに伺ってもよろしいですか？」とＬＩＮＥが入っていた。いいコなのだ。四十九日を気遣える少年なんて滅多にいない。

「ごめん、気づかなかったよ」

「いいんです」

コーキ君はきれいに折り畳まれたハンカチを取り出し、鼻にあてた。

「臭ぇよな、運河。汚ったねえし。まるで朝から酒を飲んでるおじさんの匂いだ。でもある意味、これが大人になるってことなんだろうな」

「どういう意味ですか」ハンカチを口と鼻にあてたまま、コーキ君が訊ねる。

「いや、いま思いついただけなんだけど、大人になるってことは、たぶん君が考えてるよりも惨めで、複雑で、厳粛なことなんじゃないかなって。それはエリートでも落ちこぼれでも、異性愛者でも同性愛者でも変わらない」

隣でコーキ君が息を呑むのがわかったが、僕は気づかぬふりで続けた。

「俺、ちょっと前に女性にフラれてさ。彼女は重度のアスペルガーだった。毎日同じものを食べて、同じスケジュールで過ごさないと生きていけない人だった。俺はそんな彼女の生を、まるごと好きになってしまったんだ」

僕は自分の酒臭い息に、溺れてしまいそうになった。

「世の中には、誰のせいでもないってことがたくさんあるんじゃないかな。たとえばアスペや同性愛者に生まれつくことは、誰のせいでもない。そもそも障害や同性愛自体、いいことでも悪いことでもない。要は、そうした自分をまるごと愛せるかどうかの問題なんだろ、ニーチェによれば」

「……はい」

「君にその話を教えてもらったあと、こんなことを思ったんだ。人は、他人を幸せな気持ちにしてあげることはできる。他人に幸せな気持ちにしてもらうこともできる。だけど、自分で自分を幸せにすることって、ほんとにできるのかなって。そのアスペの女性は母親にこう言われたんだって。『あなたは一人が好き。一人でも生きて行ける。でも〝普通〟の人にはそれが難しい。だから一人が苦にならないあなたの性格こそ、神様がくれた最高のプレゼントじゃないかしら』。でも彼女はコミックエッセイの最後にこう書いてくれたんだ。『ママはああ言ったけど、やっぱりわたしは〝普通〟になって、吉井さんみたいな人と一緒にいられたらいいのにな、と思うのです。わたしは本当に一人で生きて行けるのでしょうか。吉井さんはいい人なので、幸せになってほしいと願っています』」

ぼろぼろになるまで読み返したラストシーンを朗誦しながら、涙が溢れてくるのをどうすることもできなかった。酒のせいだと思いたかった。酒精に火照った雫は、僕の頬を生温かくつたっていった。

隣を見るとコーキ君も泣いていた。十五歳の涙は、純米大吟醸のように美しかった。

「苦しいよな、報われない想いって。いいよな、仙人みたいに一人で生きられたら。でも、無理だ。俺たちはそんなに強くできていない」

コーキ君は目許をハンカチでぬぐいながら頷いた。

「俺たちの世代って、いい目を見てる奴が少ないんだ。物心ついたときから不景気で、就職も氷河期。バイトとか派遣してるうちに心が折れちゃった奴も多い。だから社会に出てからは、恵まれてるカンタロー世代なんかを見て、指をくわえてた」

こんなことを言い出した自分が訝しかった。

「気づいたら喪失世代《ロスジェネ》なんて呼ばれてさ。三十や四十になっても実家に住んで、親の年金を当てにし出して。もちろん、女にもモテない。というか、そもそも相手にされないのが分かってるから、行きもしない。恐る恐る婚活パーティなんかに行くと、やっぱりボコられたりして。この歳になっても、リア充そうな若いカップルとすれ違うと、何とも言えない気持ちになるよ」

僕は真っ黒な運河に向かって汚泥を吐き続けた。

「俺たち、自己評価も自己肯定感もめちゃくちゃ低いんだって」

やめとけ。十五歳に言うことじゃない。

「ほかにも自己責任、自己実現。耳を塞ぎたくなるような言葉だった」

みっともないぞ。

「自己とつく言葉は全てまやかしだって思わなきゃ、やってられなかった。笑っちゃうだろ」

笑ってほしかった。

ところがコーキ君は首を振り、その通りですと言った。

「少なくとも自己責任なんて言葉は嘘です。人がそう生まれついたことに、何ひとつ責任はありません。先ほど吉井さんも仰ったじゃないですか。世の中には誰のせいでもないことがたくさんあるって。吉井さんたちが喪失世代《ロスジェネ》に生まれついたことも、誰のせいでもないんじゃないでしょうか」

僕は少年の優しさに胸をうたれた。

「君は、すばらしい」

「いえ、僕なんか全然」

「いや、君はすばらしい」

「あの、ひとつ訊いてもいいですか」

「うん」

「なぜ、そう思ったんですか。つまり、僕が、そうだと……」

「仮定の話さ。君が本当に同性愛者かどうかを問うつもりはないし、あけみ先生に僕がそう思ったと告げることもない。すべては、いま、ここだけの仮定の話。あとは綺麗さっぱり忘れる。オーケー？」

「オーケーです」


三十日目はカンちゃんと二人きり。

コンロの前で鍋を煮込みつつ、コーキ君のあらましを伝えると、

「そっか、そんなことがあったんだ。ゲイの人って才能あるからなぁ」

といつものように少しピント外れの答え。

「お待たせしました」

僕はぐずぐず煮える鍋を、フローリングに敷いた新聞紙の上に置いた。あぐらをかき、山賊のように直箸でつつきあう。カンちゃんはスープを一口すすり、「旨いよこれ」。お世辞ではな

いだろう。プレミア銘酒の呑み残しを惜しみなく投入したのだから。

鍋には「作《ざく》」を合わせた。三重《みえ》の水と米で仕込まれた清冽《せいれつ》な酒だ。

鍋を平らげたあたりで「次はぬる燗にしよう」とカンちゃんが言うので、「奈良萬」をあけた。燗につけると最高にバランスのいい一本だ。カンちゃんは酒を注いだ徳利をどぼっと鍋につけた。

「なにするんですか！」

「だってこうすれば温まるし、徳利の中身をこぼしても汁が余計に旨くなるじゃない」

「……なるほど。名案ですね」

僕らは早く温まれと念じながら、鍋にたたずむ徳利を見つめた。この時間は焚き火を眺めているみたいで好きだ。

「コーキ君も、『自分なんか生まれてこなきゃよかった』って思うことがあるんですかね」

僕は徳利を見つめたまま訊ねた。

「どうだろう。あるかもしれないね」

カンちゃんも徳利を見つめたまま答える。

「でも彼の凄いところは、すでに答えを見つけているところです」

「どんな？」

「ニーチェの運命愛ですって。つまり同性愛者としての自分をまるごと肯定し、愛することができれば、すべては解決する。逆にいうと、それしか解決策はない」

「あれ？　その言葉、吉井くんが作った本で見かけた気がするな」

カンちゃんは『古今東西名言集　１０００』を手に取り、ぱらぱら捲りだした。このところずっと手元に置いてある。

コーキ君は言った。「名言集は答えのない問題について考える体力のない人が飛びつくものです」と。でもそれは違うと思う。カンちゃんくらいの歳になると、頭の中は自分が生きてきた物語で一杯で、他人の物語を読む必要性を感じなくなる。そんなとき登場するのが名言集だ。カンちゃんはこの本を座右に置き、答え合わせをしているのだろう。自分と同じ感慨や、真実を述べている人はいないか、いわば時空を越えて茶のみ友達でも探すように。

老眼のカンちゃんは、本を持った腕を自撮り棒のように離してニーチェの言葉を探した。こういう人のためにこの本を編んだのだ、と僕は少し嬉しくなった。

「お燗、できましたよ」

お酌すると、カンちゃんは本に目を落としたままお猪口《ちょこ》を舐めた。

この時点では気づけるはずもなかった。まさかカンちゃんがあんなことを考えていたなんて。

三十八日目もカンちゃんと二人きりだった。この一週間はこんなふうにカンちゃんと二人きりが多かった。布井は入稿と校了が山のように重なり、小野は取材で海外出張中だという。

あれ以来、コーキ君からの連絡は途絶えた。彼がカンちゃんの部屋を掃除しに来ることもなくなった。LINEを送っても、読んではいるが返信のない、いわゆる既読スルーが続いた。

真実を知ってしまった僕が煙たく、またサイバー空間に閉じ籠ってしまったのかもしれない。でも、それでいい。僕らはこうやって酒を口実に集まれるが、そんな行き場のない十五歳がオンラインサロンや掲示板に一時避難場所を確保できるとしたら、それはそれで素晴らしいことだ。

今日はお遍路の折り返し日だった。

僕らはこれまで呑んだ中で特に旨かったものを呑み直すことにした。六銘柄ほどを選び、カンちゃんと感想を述べあう。やはり開栓直後の方が美味しかったものが多い。

新しい酒も開けた。呑みやすさで人気の山口《やまぐち》の「貴《たか》」だ。

「うん、たしかに呑みやすいね」

一口つけてカンちゃんが言った。僕も一口つけて「ほんとだ。究極の食中酒と言ってる人がいましたが、その通りですね」

「究極の食中酒ってことは、主役も脇役も演じられるけど、脇役として出て来たときのほうが嬉しい俳優みたいってこと?」

「いいっすね、それ。メモしとこ」

僕はカバンから筆記具をとりだし、メモを始めた。しゅやくも、わきやくも、えんじられるけど……

「ねえ、吉井くん」

「はい?」

つい、ぞんざいな返事になってしまった。メモ中は話し掛けないでほしい。

「もういいよ。ありがとう」

「何がです?」

わきやくとして、でてきたほうが、……

「もう、来てくれなくていい」

「はい」

うれしい、はいゆう……えっ? 僕はメモから顔を上げた。

「どういうことですか?」

「だから、もう来てくれなくてもいい。最近、希望ができたんだ。死んだらまたお美代さんに逢えるんじゃないかって。いつか逢えると思うと、気持ちが凄くラクになったよ。だからもう大丈夫。酒もやめる。ありがとう。お遍路、楽しかったね」

突如ハシゴを外されたような寂しさに襲われたが、むろんこれは慶賀《けいが》すべきことなのだろう。僕はメンバーに連絡を入れた。

「店主、めでたく結願により、居酒屋カンちゃんの閉店が決まりました! みなさまの日頃のご愛顧に感謝します。閉店パーティは今週末。奮ってご参加ください」

しばらくして返事が届き始めた。

「おめでとうございます! 普通のおじいさんに戻るのですね」布井

「祝、結願。最後はパーっとやりましょう！」小野
「おめでとうございます！　先日みたいなことにはなりませんので、わたしもお邪魔させてください」あけみ先生
「やりましたね！　涙が出そうです。あけみ先生とお伺いします」夏子さん

最終日。

あけみ先生と夏子さんは、お美代さんの祭壇に花束を捧げた。布井と小野は、刺身と寿司詰め。僕はいちごのホールケーキ担当だ。

カンちゃんは衿のついたシャツでみんなを出迎え、「結願、おめでとうございます！」の声を合図にロウソクを吹き消した。拍手が起こる。

「みんな、ありがとう。今日で酒はおしまい。あとは心で呑みながら、お美代さんとの想い出に酔って生きます」

まず開けたのは三本。埼玉のレア酒「花陽浴《はなあび》」、長野《ながの》の小布施《おぶせ》ワイナリーがワインの造れない冬だけ手がける日本酒「ソガペール」、そして地酒ブームの先駆けともなった青森《あおもり》の「田《でん》酒《しゅ》」だ。

先日の大虎体験があったので、僕はあけみ先生の口元をなんとなく注視していたらしい。それに気づいたあけみ先生が、「ちょっと吉井さん、そんな監視しなくても大丈夫だから！　ちゃんとクルクミンも呑んできたし」。

「なんですか、それ」

「ウコンより効くやつ」

「むしろ呑む気まんまんじゃないですか」と布井が言う。

「それよりもみなさん、聞いてください」とあけみ先生が言った。「先日、コーキが口を利きました！」

ええっ、と一同が驚く。「で、なんと？」

「『来週、保護者会だから』」

無愛想な棒読みのモノマネに、どっと笑い声が起こる。

「で、あけみ先生はなんと？」

「『そ、そう？』って。なにせ一年半ぶりに話し掛けられたもんだから緊張しちゃって」

ふたたび笑い声が起こった。

「でも、進歩だよね」

とカンちゃんが言うと、あけみ先生は「まさしく」と嬉しそうに頷いた。

「だってこれまではダイニングテーブルに紙がぴろって置いてあるだけだったもん。し、か、も。その日からコーキは食べ終わった食器をシンクまで運ぶようになったんです」

「おーっ」

「まあ、五歳の時には出来てたことなんですけどね……。でも頭にきたことも一つあって。聞いてくれます？」

あけみ先生は下唇を嚙み、酒をあおった。

「なにげに元旦《モトダン》のSNSを見たら、若い女たちと楽しそうにパーティしてて。ナパ・ワインかなんかの。こっちは更年期と闘いつつ、口を利かない息子を育てて、夜勤だってこなしてるっつーのに。ほんと腹立つわ」

「わかります、それ」と夏子さんが言った。「元旦がリア充の生活を送ってると、ほんと頭きますよね」

「えっ、てことは夏子さんも……?」小野が訊ねた。

「はい、バツ2です」

「そう。わたしの先輩なの」と、あけみ先生が夏子さんにしなだれかかる。

「一人目の夫は酒癖が悪くて、二人目の夫は女癖が悪かったんです。もう結婚は懲《こ》りごり。そういえば今日の男性陣はみんな独身貴族ですね。優雅だなぁ」

「そんなことないですよ」と小野が言った。「僕、きのう原稿料を踏み倒されました。編プロが夜逃げしたんです」

「いまどき夜逃げって……」と一同絶句する。

「一ヵ月のあいだ掛かりっきりだった仕事だから、まじキツくて。今月はなけなしの貯金を切り崩して、家賃とか光熱費とか通信費を支払いました。来月の引き落としのことを考えると、生きた心地がしません」

「でも小野さんはベストセラーを書いたんでしょ」とあけみ先生が言った。

「印税なんてすぐ無くなりますよ。次の本の取材で海外に行ったり、生活費にあてたりしてたら」

「そこがフリーランスの弱点だよな」

と僕が言った。「じつは俺も昨日、あてにしてた入金が三ヵ月後ってことが判明してキャッシングした。無人ATMから出てきたときの、あの寒々しい気持ち。そのあと牛丼屋で食う牛丼のあのまずさ。あれだけは経験した人にしかわからないだろうな」

「なんだなんだ、今日は不幸自慢大会か。だったら俺も負けてないぞ」

と布井が言った。どうせ冗談でも言うのだろうと思った。

「じつは実家の父が認知症でさ。徘徊《はいかい》して迷子になるわ、一日八回メシ喰うわ、お店から勝手に物を持ち出しちゃうわでタイヘンなのよ。お袋は四年前に亡くなったから、妹が仕事やめて同居して面倒みてる。俺は年金だけじゃ足りない生活費を仕送りして、週末は帰って面倒みる。行くたびに妹に泣かれてさ。『お父さんから目が離せないから、買い物にも行けない。仕事も遊びもできるお兄ちゃんが羨ましい。ほんとはわたしも婚活してこの家を出て行きたい。でも親は見捨てられない』。俺、妹のことは可愛がってきたから、代われるもんなら代わってやりたい気持ちはあるんだよね。でもいま俺が介護離職したら、一家が路頭に迷うじゃん？　俺もお先真っ暗になっちゃうし。だけど会社も出版不況だから、むかし四人でやってた仕事をいまは一人でやってる。それでも給料は三割カット、ボーナスも大幅減。住宅ローンが払えなくて、うつ病になった先輩がいたよ。辞めてく奴も多い。もちろん俺の婚活なんて夢のまた夢。どうよ？　ブラック企業で働きながら、一家が介護地獄にハマりつつある現状。いかにもNHKのドキュメント班が食いつきそうな話でしょ？」

場が静まり返った。どう声を掛けていいものか、戸惑っていると、布井は目をきょろきょろさせて、自ら巻き返しをはかった。

「なんかさ、こうして見ると、カンタローさんがいちばん元気じゃね？」

その手があったか、と皆でうんうん、そうだよねと頷き合ってカンちゃんを見た。

「ちょっと待ってよ。僕だって先日、女房を亡くしたばっかりだよ。没《ぼつ》イチだよ」

「いやいや、カンタローさんはもう立ち直ったし。ね、夏子さん」と布井が言った。

「はい。もう大丈夫です」

「それではカンタローさんの社会復帰を祝いまして、あらためてカンパーイ」

僕らは今日が呑み納めと、滅多矢鱈に開栓した。カンちゃんが締めのスピーチに立つ頃には、誰もが椅子の上でゆらめいていた。

「最近、死は終わりじゃないと感じるようになりました。僕は必ずまたお美代さんに逢えます。生きててよかった。生きてるって、素晴らしい。そのことをみなさんにお伝えして、感謝の言葉に代えたいと思います。みんな、ありがとね」

寂しくなるなぁ、と誰かが言った。すると小野が「今後もこのメンバーでちょくちょく集まりましょうよ」と提案した。口々に「そうしよう」という返事が返ってきた。この手の約束が守られた例《ため》しはないことは、誰もが知っている。でも、気持ちに嘘はないのだ。もう集まることはあるまい、と観念しつつ、「またみんなで集まりたいね」と表明しあうこと。そこには人間集団の哀と歓がある。そんな場を提供してくれた居酒屋カンちゃんは、こうして三十九日間の営業に幕を閉じた。

日本酒ムックが大詰めを迎え、校正紙と睨めっこが続いた。それでも夕方四時くらいになると、尻のあたりがむずむずしてくる。定時に居酒屋カンちゃんへ行くことが習慣化されているのだ。

僕はお遍路の成果をふりかえった。なんと言っても、カンちゃんが立ち直ってくれたのは大成功だ。僕自身も、いくぶん喪失《ロス》を供養できた気がする。すっかり全快という訳にはいかないが、あとは時の経過――夏子さんの言う日にち薬――を服用していくほかあるまい。

閉店から十日くらい経ったある夜のこと。YouTubeで音楽を流しながらだらだらしていたら、ぴこん、とカンジュニからメンバーにＬＩＮＥが入った。

「父が運河に飛び込みました」

「やられた！」と僕は叫んだ。運ばれたのは品川区の病院。うちからぎりぎり自転車で行けるところだ。すぐさま自転車にまたがり、夜の国道十五号線を駆けた。カンちゃんがドブ運河に身を投じる映像が、頭の中で何度もリピートされた。

病院についたのは夜の十時過ぎだった。救急外来の前のベンチにカンジュニがいた。会うのはたしか十三年ぶりだ。隣にはコーキ君の姿もあった。

「どうです？」と僕は訊ねた。

「いまのところ、大事には至っていません」

カンジュニはこんなときも目を合わせずに言った。「意識もあるそうで」

僕はベンチにへたり込んだ。汗が噴き出す。やがて呼吸が整ってくると、のどが渇いていることに気づき、正面玄関の自販機まで行き、ミネラルウォーターを買った。

「びっくりしましたね」

うしろからコーキ君の声がした。

「うん、びっくりしたよ」僕はペットボトルを開けて一気に半分飲んだ。「それにしても早かったね。タクシー？」

「はい。すっかりご無沙汰してしまいまして」コーキ君が深々とお辞儀した。

「やってくれるよな、カンちゃんも」

「でも、無事でよかったです。このところずっとＬＩＮＥで意見交換していたので」

「意見交換？　なにそれ」

「ある日突然、カンタローさんから『お酒を呑む人生と、呑まない人生。どっちがコスパいいと思う？』とＬＩＮＥが入りまして。『それは定量的に考えるか、定性的に考えるかで違うと思います』と答えたら、『どういうこと？』と盛り上がっちゃって。その次のお題は『来世を信じる人生と、信じない人生。どっちがコスパいい？』でした」

「ちなみに答えは？」

「ダンゼン、信じる人生です」

「どうして?」

「だって、それで撃退できる精神的もしくは情緒的な病気は多いですから」

「なるほど。しかし、七十三歳が十五歳に訊くことかね」

こんな話をしながら救急外来の前に戻ると、カンジュニの姿がなかった。僕らはベンチに腰をおろした。

「そういえばレポートはどうだった?」

「お陰様でAを貰えました」

「そいつは何よりだ」

「教師から『出版も斜陽産業なんだな』とコメントがついて戻ってきました」

僕が肩をすくめたとき、救急車のサイレンの音がやみ、頭から血を流す若い男がストレッチャーで運ばれていった。それと入れ替わるように、救急治療室からカンジュニが出てきた。

「もう話せます。中へどうぞ」

僕とコーキ君はドアの前で手指をアルコール消毒し、マスクをして中へ入った。

カンちゃんはベッドで上体を起こし、白っぽい顔をして、前方をぽかんと見つめていた。何事かに深く思いを致しているようにも、ただ放心しているようにも見える。僕らに気づくと、

「やっ、どうも」と微笑んで手を挙げた。

「どうもじゃないでしょ。どういうことですか」

「飛び込んだ訳じゃないよ」

「じゃ、なんです？」

カンちゃんの体や髪の毛から、微かにドブの匂いが漂ってくる。

「橋の上を歩いてたら、運河で魚が跳ねたんだ。それを見ようと思って欄干から覗きこんだら、落っこちた」

「酔ってたんですか？」

「うん」

「心で呑むだけにします、って言ったじゃないですか。死んだらまたお美代さんに逢えるから」

「逢える訳ないじゃない」

「ダマしたんですね、僕らを」

「人間、死んだらおしまいだよ。僕もそのうち消えて無くなる。さっき運河に沈むとき『あー、僕の人生もこれで終わりかぁ』って思ったら、人間、死ぬときはみんな零点だってことに気づいた。いや、生きてるときからみんな零点だね、四捨五入しちゃえば。だから悩むな、悲しむな、明るく行こうぜ。僕の人生は大雑把《おおざっぱ》なものだったかもしれないけど、どんまい！　って思った」

「沈みながら？」

「沈みながら」

僕は笑った。コーキ君も笑った。ドブ運河にぶくぶく沈みながら考えるようなことだろうか。するとカンちゃんは突如内省的な顔つきになり、

「お美代さんは僕のこと、好きじゃなかったと思う」と言った。

虚をつかれたが、胸中、即座に頷く僕もいた。程度や質の問題になるが、たしかにカンちゃんの言う通りだろう。少なくともカンちゃんが望むような形では、彼女は夫のことを愛していなかった。

「つまり、可哀想なひとだったんだよお美代さんは」

「なんでそうなるんですか」

「だって愛する相手がいないってことは、砂漠に揚がった魚だ。使われていない食器だ。皮を剝かれたリンゴだ。からからに干涸《ひか》らびて生きてても、面白くないじゃない。でも僕も人のことは言えないんだよ。お美代さんが亡くなったあと――いや、亡くなるずっと前から――悩んでたんだ。僕、本当にお美代さんのことが好きだったのかなって。じつは僕、三十代でほかの人を好きになって、家を出た。息子が引きこもりになった原因はそれだと思う」

僕は思わず出入り口の方を見た。幼いとき父親に捨てられた人物が、ドアの向こうでベンチに座っている。カンジュニも、僕やコーキ君と同じような経験をしていたのだ。

「吉井くんのつくった名言集にあったけど、恋は本当にスープと同じだね。燃え上がらせるのはカンタンだけど、温かく保つのが難しい。冷めるとこんなにまずいものはない。六十歳で追い出されたあとも、好きな人ができた。お美代さんに『別れてくれ』って言いに行ったら、

『別れる訳ないでしょ！』って怒られた。せめて最後くらいは夫婦に戻って、と思ったけど、やっぱり許してくれなかったね、お美代さんは」

僕は言葉を失った。**まさかカンちゃんがこんなことを考えていたなんて。**

カンちゃんが言った。

「コーキ君、愛するってことは相手を知ることだ。世界と和解することだ。そこに男も女も関係ないぞ。好きな人には好きと言いな。家族は大切にしな。恋にも家庭にも失敗した僕が言うんだから間違いない。僕みたいになっちゃダメだよ」

僕らは救急治療室を出て、正面玄関で別れた。コーキ君は客待ちしていたタクシーに乗り込み、僕は自転車にまたがった。

この晩からカンちゃんと連絡を取ることはなくなった。ダマされたことを根に持った訳ではなく、カンちゃんの浮気性な性格（？）に嫌気が差したわけでもない。ただなんとなく、距離を置きたくなっただけだ。

そうして数ヵ月が過ぎたころ、カンちゃんからメールが来た。

元気？　いま僕は病院のベッドの上にいます。ひざの皿がすり減ってきたので、チタンに入れ替えるのです。手術とリハビリが終わったら、物件を見に行くつもり。というのも、呑み屋をやっている知人が店を畳むんだけど、「欲しかったら居抜きで譲るよ」と言ってくれてね。一緒に見に行かない？　病院ではヒマなので、「死ぬまでにしたい5つのこと」を考えてみました。
1、居酒屋カンちゃんを店舗化して月商100万をめざす。
2、店の経営を軌道に乗せて息子に譲る。
3、オンラインサロンを主催して会員を300人あつめる。
4、息子と四国お遍路の残りを巡る。
5、最後の恋をする。
それじゃ退院したら一杯やりましょう。またね！


僕は微笑を誘われた。懲りない人だ。

カンちゃんはコーキ君に「高校卒業までにしたい3つのこと」という宿題を出していたらしく、その解答も転送されてきた。
1、女装家《ドラァグクイーン》としての自己同一《アイデンティティ》を確立する。
2、将来、サンフランシスコを生活拠点とするための準備を進める。
3、世界と和解する。
これを転送してくるのは個人情報的にアウトだろうが、コーキ君の出した答えに、萌え出づる春のような生命力を感じ、僕が愉快な気持ちになったのは事実。

〝僕みたいになっちゃダメだよ〟

という一言は、カンちゃんが身銭を切りまくった挙句の名言だろう。

ほかにもカンちゃんはいくつかの贈り物をくれた。血のかよった愚かさを。たくまざるユーモアを。ゆくゆくは自分もこうやって老いていくのだというリアルな姿を。

とりわけ僕ら独身男にとって切実な教えとなったのは、愛する対象を持たぬ後半生は虚しいということだ。人を愛することでしか、自分や世界と和解できないのなら、逆に言えば愛する人ができた瞬間から、**本当の人生は何度でも起動するのだ。**

僕は読み返しすぎてボロボロになった『わたし、アスペです。』を手に取り、彼女に伝えるべきだった言葉を悟った。それは「愛しています」でも「付き合って下さい」でもなく、「あなたのことをもっとよく教えてください」だったのだ。

いまからでは遅すぎるだろうか。でもカンちゃんなら、懲りずに気持ちを伝えるはず。そう思うとくすりと笑えた。

僕はひとしきり笑った。

そして笑いが収まると、キーボードに向かって、メールを打ち始めた。

主要参考文献

『アスパーガール：アスペルガーの女性に力を』ルディ・シモン著／牧野恵訳（スペクトラム出版社）
『ずっと「普通」になりたかった』グニラ・ガーランド著／ニキリンコ訳（花風社）
『マンガでわかる　もしかしてアスペルガー⁉～大人の発達障害と向き合う～』司馬理英子（主婦の友社）
『女性のアスペルガー症候群（健康ライブラリーイラスト版）』宮尾益知（講談社）
『アスペルガーの女性がパートナーに知ってほしい22の心得』ルディ・シモン著／エマ・リオス絵／牧野恵訳（スペクトラム出版社）
『潜入ルポ　ヤクザの修羅場』鈴木智彦（文春新書）
『ヤクザ1000人に会いました！』鈴木智彦（宝島社）
『danchu 合本　日本酒。』（プレジデント社）
『日本酒ドラマチック　進化と熱狂の時代』山同敦子（講談社）
『日本酒の教科書』木村克己（新星出版社）

その他、多くの書籍やサイトを参考にしました。

初出

第1話　「小説現代」2017年12月号（「カンちゃん」）
第2話　「小説現代」2018年9月号（「また来ん春」）
第3話　「小説現代」2018年4月号（「男の品格」）
第4話　書き下ろし
第5話　書き下ろし
第6話　書き下ろし

ロス男《おとこ》

第一刷発行　二〇一九年一〇月八日

著者　平岡陽明《ひらおかようめい》
発行者　渡瀬昌彦
発行所　株式会社　講談社
〒一一二―八〇〇一
東京都文京区音羽二―一二―二一
電話　出版　〇三―五三九五―三五〇五
販売　〇三―五三九五―五八一七
業務　〇三―五三九五―三六一五
本文データ制作　講談社デジタル製作
印刷所　豊国印刷株式会社
製本所　株式会社若林製本工場

定価はカバーに表示してあります。

Printed in Japan　ISBN 978-4-06-517034-2　N.D.C.913　222p　19cm　JASRAC出1909679-901

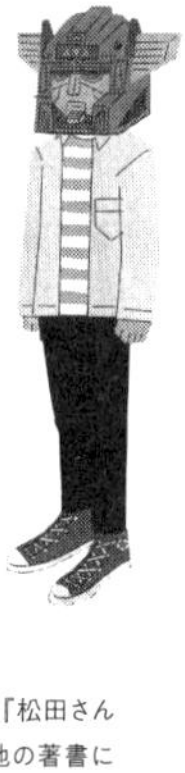

平岡陽明（ひらおか・ようめい）

1977年生まれ。慶應義塾大学文学部卒業。出版社勤務を経て、2013年『松田さんの181日』（文藝春秋）で第93回オール讀物新人賞を受賞し、デビュー。他の著書に『ライオンズ、1958。』『イシマル書房編集部』（ともにハルキ文庫）がある。